소돔 베를린

Sodome et Berlin

Yvan Goll

소돔 베를린

Sodome et Berlin

이반 골 지음 | 오용록 옮김

종문화사

Yvan Goll, Selbstporträt, 1949

베를린, 북녘의 도시. 얼어붙은 유리창이 죽음을 앞둔 병자의 눈처럼 굳어있는 도시, 갈라진 돌들이 무더기를 이루고 땅바닥이 임산부의 자궁처럼 벌어진 죽음의 도시. 오싹한 광기에 사로잡힌 도시, 어둠에 갇혀 발작하는 도시. 금빛 찬란한 광란의 시칠리아와 어찌 이렇게 다른지!

콜록거리며 피가 흘러내리다 굳어버린 기병대복 차림의 시멘트 머리, 종이반죽으로 만든 두개골. 폐병에 걸린 듯 창백한 맨얼굴에 아틸라 왕의 콧수염을 붙인 훈련병의 머리. 깊게 패인 이마는 굶주림의 고통으로 주름살이 세 겹으로 잡혀있고 감자꽃 화관이 얹혀있다.

아, 병들고 악취 나는 도시! 주름진 네 살갗 위를 네 어중이떠중이들의 새끼가 식어가는 용암처럼 덮는다. 늙은 요물아, 축 처진 내 가슴이 종이로 된 셔츠 밑에서 꿈틀대는구나. 너는 칙칙한 진흙 속에 묻혀 잘 보지도 못한다. 네가 옛날 몇 세기에 나타났는데 유럽의 고급 양탄자 위에서 뒹굴려는 거지? 그래, 네가 읊은 서사시의 처녀림에서 길게 땋은 머리를 풀어주었는데 그게 바로 너였지. 오시안[1]의 증손녀요 퇴역 상사의 며느리인 너, 어찌 이렇게 일찍 늙어버렸니? 요정이 이렇게 금방 마녀가 되다니! 자, 와서 네 불행한 운명을 얘기해 보아라. 자, 어서. 모든 그레첸[2]들의 이야기 말이야.

파우스트 박사, 당신에겐 많은 사람이 있지. 간질병에 걸린 전차가 은하수 언덕에서 탈선하는 곳, 푸른꽃이 암술에서 구린내를 만드는 곳. 창기병과 철학자의 나라! 망상에 빠져 혈관을 찔러 나온 피를 장미에 준 거룩한 횔덜린[3]의 나라. 금발 어린애들의 피를 마신 연쇄살인자 하르만[4]의 나라, 그들에겐 목이 가장 부드럽지. 모든 반대명제와 가장 아름다운 꿈이 있는 나라. 특권이 부여된 천사들과 오줌에 절은 병영 그리고 등나무꽃보다 더 푸른 요양소가 있는 나라. 성실한 간호사와 맨드레이크[5]를 키우는 온실. 현자의 돌과 치명적인 포스겐[6]을 만드는 공장.

어느 청명한 부활절 아침 가죽과 땀 냄새를 풍기는 네 포병부대가 예쁜 골짜기를 짓밟았다. 부드러운 머리칼을 지닌 자작나무 골짜기를. 그리고 지휘관인 파르시팔[7]이 국기를 올렸다.

정신병원은 아이들로 가득하다. 그들은 자신을 구세주라고 생각하

---

1 Ossian, 3세기경 고대 켈트족의 전설적인 시인이자 전사.

2 괴테의 희곡 『파우스트』에서 파우스트와의 비극적 사랑에 희생되는 여주인공.

3 Friedrich Hölderlin, 1770~1843, 독일의 낭만주의 시인.

4 Fritz Haarmann. 1920년대 독일 하노버 시를 공포에 떨게 한 연쇄살인범. 피해자들의 피를 마셔 '하노버의 뱀파이어'라고도 불린다.

5 mandrake. 허브의 한 종류로, 뿌리가 둘로 나뉘며 사람의 하반신 같은 모습을 하고 있다.

6 질식성 독가스.

7 아서 왕의 전설 중, 성배(聖杯)를 찾아 나선 기사.

고 야콥 뵈메[8]의 작품을 암송한다. 철둑에서는 소녀들이 바람에 적갈색 머리칼을 나부끼며 볼셰비키 군대에 손짓을 하고 있다. 대학교수들이 배낭을 메고 식량 주머니에 칸트의 책을 넣은 채 떼를 지어 산으로 간다. 그곳에서 몽상을 즐기거나 칸트의 순수이성비판을 시로 만들어보려는 것이다.

오, 온갖 대립과 극단의 나라여! 너는 오테마 뮐러 박사의 조국이었지. 그의 삶, 그의 이름으로 그는 너의 찬란한 영웅이 되었지.

---

8 Jakob Böhme, 1575~1624, 독일의 신비주의 사상가.

그의 이름만 보면 그를 오딘[9]의 후손이라고 믿을 수도 있겠지만 그는 그저 그런 사람으로 아버지는 튀링엔 출신의 산림감독관이었다. 그가 살던 시대에는 빌헬름 2세의 연설과 뵈클린[10]의 그림을 가장 천재적이라 생각했으며, 그는 이런 창백한 도시의 궁색한 시대에 살았다. 아버지의 서재에서는 진정한 독일인이라면 모두가 신성시 하는 것을 볼 수 있었다. 고전이 꽂혀있는 책장에는 가죽으로 장정한 책 서른 권이 사열 중인 보병들처럼 어깨를 나란히 한 채 서 있었으며, 맨 위 선반에는 돌로 된 뮌헨의 킨들 양조장 맥주컵과 삼촌이 자전거 경주에서 상으로 받은 우승컵이 있었다. 그 위쪽 벽은 사브르 두 자루와 펜싱 마스크, 물소가죽으로 만든 장갑, 산림관이 가입해 활동했던 대학생클럽 '아르미니아' 모자로 장식되어 있었다. 그 옆에는 꽃과 술로 장식된 자기로 된 담배 파

---

9 Odin. 북유럽 최고의 신. 독일의 조상

10 Arnold Böcklim. 스위스의 화가. 암울한 풍경화와 비유화를 그려 19세기 후반 독일 미술가들에게 큰 영향을 미쳤다.

이프 두 개가 있었는데, 한 파이프에는 수레국화로 꾸민 비스마르크[11]의 모습이, 다른 파이프에는 꼬리가 돌돌 말린 행운의 돼지가 새겨져 있었다.

오데마는 여기서 문화를 맛보며 즐겼다. 그는 여기서 발터 폰 데어 포겔바이데[12]의 종달새 소리와 그르블로트[13]의 북소리를 번갈아 들었으며 주술 같은 에다[14] 시를 음미했으며 나이에 맞지 않게 클롭슈토크[15]의 문장을 읊조렸다. 헤르더[16]와 헤겔[17]을 읽고서 그는 독일정신이 논란의 여지가 없이 그 어느 나라 것보다도 우월하다고 확신했다. 이 젊은 독일인은 과거에 대한 자부심을 갖고 거침없이 자랑스러운 미래로 나아갔다. 1913년에는 유럽에서 아직 스포츠가 뭔지 몰랐으며 기껏해야 군사훈련이 그것을 대신하던 때였다. 고등학교 졸업시험을 마치자 오데마는 밝은 녹황색과 붉은 산딸기색으로 된 경기병 부대 군복을 입은 모습으로 나타나 읍내 중심가를 오르내렸다. 그러다 마침내 본으로 떠났다.

본든 내학생에게 라인 강변의 도시 본은 경이로움 그 자체였다. 라인 강은 필젠 맥주빛을 띠고 있었으며 그곳에는 볼이 도톰한 요정들이 살

---

11 Otto Eduard Leopold von Bismarck, 1815~1898, 독일의 통일을 이룩하고 독일제국에서 총리로 활동한 정치인.

12 Walther von der Vogelweide, 1170?~1230?, 중세 독일의 시인.

13 1870~1871년 프랑스-프로이센 전투가 벌어진 곳.

14 Edda. 북유럽 스칸디나비아 지방에서 고대 아이슬란드어로 기록된 운문과 산문 2종의 옛 문서.

15 Friedrich Gottlieb Klopstock, 1724~1803, 독일의 경건주의 시인.

16 Johann Gottfried von Herder, 1744~1803, 독일의 철학자이자 문학자. 직관주의적·신비주의적인 신앙을 앞세워 칸트의 계몽주의적 이성주의 철학에 반대했다.

17 Georg Wilhelm Friedch Hegel, 1770~1831, 독일의 철학자. 독일 관념론을 집대성했다.

고 있었다. 작은 대학은 위대한 미래를 품고 있었으며 장차 신과 같은 존재가 될 현 왕가의 자제들과 재계 거물 그리고 대사와 대지주의 아들들을 받아들였다. 본은 작소-보루시아, 알레마니아, 아르미니아 같은 명망 높은 '학생클럽'의 본거지였다.

극장은 그들만을 위해 존재했다. 상인들도 그들만을 위해 존재했다. 어머니들이 아이를 낳는 것도 오로지 그들을 위해서였다. 본은 독일 도시 가운데 유일하게 상속 받은 남자들을 반가워하지 않았다. 전통적으로 대학생에게 '가구가 딸린 방'만 세주는 것이 아니라 귀엽고 청순한 주인집 딸이 시중까지 들게 했기 때문이다. 오데마가 도착했을 때 도시 어디서나 사람들이 입을 가린 채 이 도시에는 친자 상속권이 있는 네 젊은 공자(公子)들이 있으며 이들에게는 이미 경찰이나 우체국에 안정되고 그럴싸한 관직이 마련되어 있다고 수군대고 있었다.

클럽에서는 자기들끼리 지냈으며 사이가 좋은 학생들이나 승계권이 있는 학생들만을 회원으로 받았다. 오데마는 아르미니아에 들어가는 데 아무 문제도 없었다. 옛날에 아버지가 최고의 술꾼이었기 때문이다.

엘리트 집단에 들어가려면 두 가지 주된 덕목, 마시고 싸우는 능력을 증명해야 했다.

특히 술 마시기가 어려웠다. 아득히 먼 옛적부터 용맹스러운 세대들이 이어받은 성스러운 의식에 따라 술을 마셨다. 술을 마시며 부족신들에게 감사와 예배를 올렸다. 맥주는 영웅들의 기본 영양소였다. 그 때문에 뮌헨의 큰 양조장 주인들은 귀족 모임에 출입할 수 있었다.

젊은 대학생들은 첫 학기에 술을 마시며 선배가 주최하는 이론 중심 세미나를 이수해야 했다.

큰 맥주잔을 들어올리기 전에 노래를 한두 곡 부르고는 재빨리 일어나 차렷 자세로 오딘 신이 사는 발할라[18]에서 내려온 명령에 따라 맥주잔을 테이블에 세 번 문지르며 그러면서 성체성사가 제정될 때의 말씀을 낭독했다.[19] 그리고 마지막으로 똑바로 선배들의 눈을 응시하며 모든 손님들 앞에서 숨을 멈춘 채 30초 안에 거품이 나는 성스러운 갈색 맥주 1리터를 꿀꺽꿀꺽 마셔야 했다.

신참 교육의 마지막은 예법교육으로 이루어졌다. 외알 안경은 어떻게 고정시키며 규정에 따라 점심 산책을 할 때는 지팡이를 어떻게 잡고, 단체를 상징하는 문장(紋章)은 어떻게 옮겨야 하는지, 숙녀에게—눈을 감고 모자를 바닥을 향해 내리며—인사하는 법과 극장에서는 어떻게 행동해야 하는지를 가르쳤다. 다른 예술과 달리 극장만큼은 허용되었다. 특히 바그너는 독일인의 심리를 배우는 첫 과정으로 여겼는데, 그의 오페라 〈발퀴레〉에 나오는 프리카는 정형적인 독일의 현모였으며 그의 남편인 보탄은 금의 가치를 아는 통치자였다. 발퀴레[20]는 악녀 때문에 파멸을 맞은 자를 치유하기 위해 만들었다. 이어서 바그너의 달콤하면서도 힘찬 음악이 이교도 신들이 마시는 유명한 메트[21]처럼 흘러내렸다.

---

18 Valhalla. '기쁨의 집'이라는 뜻으로, 북유럽 및 서유럽 신화에 나오는 궁전.

19 마태복음 26장 26~29절에서 예수는 예루살렘에서 열두 제자들과 함께한 최후의 만찬에서 당신의 몸과 피의 희생인 빵과 포도주를 나눠주며 이를 기념하여 의식을 행하도록 제자들에게 명령한다.

20 북유럽 신화에 나오는 전쟁의 여신.

21 met. 꿀술이란 뜻.

　오데마의 결투 솜씨는 발전을 거듭하였으며 얼마 되지 않아 아르미니아 최고 검객 중 하나로 인정받게 되었다. 사람들은 그에게 많은 기대를 걸었고 그는 이들을 실망시키지 않았다. 운 좋게도 그는 세상을 떠들썩하게 할 결투 기회를 얻었으며, 그때까지 몇 주를 본 전체가 숨죽이고 기다렸다.

　어느 날 오데마가 아침술을 마시려고 클럽 본부로 쓰이는 양조장 테라스에 앉아있는데 갑자기 눈빛이 부드럽고 덩치가 우람한 금발 청년이 조심스럽게 다가왔다. 머리에는 빛나는 작소-보루시아의 상징인 금으로 장식된 하얀 모자를 쓰고 있었다. 그가 어린애 같은 목소리로 싸움을 걸었다.
　"이봐, 나를 째려보았겠다!"
　"잘 아시는군!" 오데마가 대답했다.
　"날 모욕했어!" 상대방이 말했다. 목소리가 떨렸는데 두려워서라기보다는 흥분해서 그런 것 같았다.

"어이, 어디 하고 싶은 대로 해보시지!"

무언의 협약에 따라 학생들은 이런 격식을 갖춰 도전했다. 단체들은 서로 교류가 없었으며 상대방을 아주 무시했다. 그러나 영웅심을 주체하지 못해 할 수 없이 이런 식으로 결투할 구실을 찾았다. 대학생 단체에서 높은 지위에 오르려면 싸워야 했던 것이다.

신성한 규칙에 따라 명예위원회가 소집되었다. 명예위원회는 투른-탁시스 공자가 그에게 싸움을 걸었기 때문에 아르미니아 단원 오데마 뮐러에게 투른-탁시스 공자와 겨룰 수 있는 영예를 주기로 결정했다. 작소-보루시아의 결투장은 벽에 펜싱도구와 으리으리하게 금으로 치장한 제복들이 걸려있었다. 오데마는 호랑이처럼 싸웠다. 귀족 출신의 적과 싸우는 동안 그는 그의 앳된 얼굴을 다치지 않게 하려고 정신을 집중하다가 오히려 상대의 칼에 얼굴이 두 갈래로 찢어지고 말았다. 칼자국은 왼쪽 관자놀이에서 시작해 입술을 지나 턱 근처에서 멈추었다. 오데마의 무훈을 영원히 증명해줄 상처였으며 그는 이 영예로운 흉터가 어느 투른-탁시스 공자의 손에 의한 것이라고 살아있는 동안 두고두고 말할 수 있었다.

한편 로렐라이[22]는 여전히 미친 여자처럼 전설의 고향인 가파른 바위 위에 숱이 많은 아름다운 금발을 드리운 채 변함없이 매력적인 목소리로 하이네[23]의 시를 흥얼대고 있었다. 그러자 본의 학생들은 흥분하여 이 역겨운 유대인이 자기네 여신들에게 네니 내니 하며 함부로 하지 못하게

---

22 라인 강 중류의 강기슭에 있는 큰 바위 또는 로렐라이 전설에 나오는 요정의 이름. 이 요정의 노랫소리에 홀려 배가 암초에 부딪혀 물속에 가라앉았다는 전설이 있다.

23 Heinrich Heine, 1797~1856, 독일의 낭만주의 시인.

해야 한다고 떠들어댔다.

비록 스파르타식 훈련을 받았지만 오데마는 독일적인 깊은 감수성을 지녔으며 시를 사랑했다. 동료들은 경박한 말투를 자주 썼는데 그때마다 그는 상처를 받아 기분이 울적했다. 게다가 그가 거의 빠지지 않고 독문학 강의를 들으러 갔기 때문에 그들은 그를 자주 놀려댔다. 그는 인문학부에 등록해 산스크리트어를 공부하고 중세 구드룬[24] 전설을 번역했으며 로스비타 폰 간더스하임 수녀와 독일 드라마의 기원을 주제로 삼아 박사논문을 쓰려는 꿈을 갖고 있었다.

오데마가 앉아있는 낡은 강당은 이미 많은 정신계의 어린 독수리들이 최초의 비상을 시도한 곳이었다. 오데마의 옆에는 가난뱅이에 속하는 대학생 한 명이 앉아있었다. 이들은 소속 단체가 없으며 어떤 축제도 참가하지 않고 공부만 낙으로 삼았기 때문에 '야인'이라고 불렸다. 대학생으로서 사회생활을 하려면 물론 지갑이 두둑해야 했다. 오데마 옆의 이 방인은 고행자처럼 얼굴이 수척했다. 이 세상에 대한 혐오를 나타내는 것인지 아니면 사산된 환상으로 말미암은 절망감 때문인지 코언저리에는 주름이 두 줄로 패어있었다. 커다란 두 눈은 수면부족으로 밤의 가로등처럼 붉은 빛을 내고 있었다. 긴 머리칼이 옷깃까지 내려왔는데 그곳에는 비듬이 눈처럼 하얗게 덮여있었다.

어느 날 그가 오데마와 말을 주고받기 시작했다. 그는 가난한 과부의 아들로 빌헬름 반더라고 했으며 독일 신비주의에 빠져 있었다. 강의

---

24 중세 독일 서사시의 여주인공.

Marc Chagall, Yvan Goll.

실을 나와서도 반더는 끝없는 논증에 정신이 팔려 아트리움[25]에서 오데마를 붙잡고 두 시간이나 놓아주지 않았다. 그는 현란하면서도 열광적인 화술로 인간이 얼마나 신성한 존재인지에 대해 말하며 〈아시시의 성 프란치스코〉와 아브라함 아 산타클라라[26]의 구절을 차례로 인용하더니 곧 릴케[27]로 넘어갔다. 그는 이 시인에게 자신의 영혼을 바치는 긴 편지를 썼으며 그에게서 감동적인 답장을 받았다고 했다. 반더는 마지막으로 긴 의자에 올라가 큰소리로 슈테판 게오르크[28]의 소네트를 읊었다. 오데마는 이 기이한 학생을 보고 삼탄이 나왔지만 그와 함께 있는 것이 창피했다. 아닌 게 아니라 저녁에 아르미니아 단원들이 하찮은 떠벌이와 사귄다고 비난했다. 그러자 오데마가 성 아시시의 시선집에서 한 문장만이라도 말해보라고 했는데 그들은 아무것도 몰랐으며 책명조차 대지 못했다. 혐오스러운 마음에 그는 규율을 잊고 한 '선배'를 바보로 취급해버렸다. 그러자 이 자는 재미와 화가 반씩 섞인 태도로 오데마에게 그 자리에서 맥주 2리터를 단숨에 마시라고 명했으며 그렇게 하지 않으면 규정에 따라 벌을 받아야 한다고 했다. 그러자 오데마가 벌떡 일어나 그의 머리에 맥주잔을 던졌다. 그의 동료들이 아직 어리둥절한 상태에 빠져있을 때 오데마는 양조장을 빠져나오다가 풍만한 가슴에 필스 맥주 열두 잔을 얹고 나르던 여종업원과 부딪쳤다.

---

25 현대식 건물 중앙 높은 곳에 보통 유리로 지붕을 한 넓은 공간.

26 Abraham a Sancta Clara 1964~1709. 가톨릭 성직자이자 독일 바로크 시대 작가.

27 Rainer Maria Rilke, 1875~1926, 『두이노의 비가』 『말테의 수기』 등으로 유명한 낭만주의 작가.

28 Stefan George, 1868~1933. 독일의 서정시인

그는 8층 다락방에 살고 있는 빌헬름 반더에게 달려가 무릎을 꿇고 친구가 되어달라고 청했다. 그는 붉은 모자를 창밖으로 내던지고 차고 있던 시계에서도 소속 단체의 문장이 새겨진 은빛 시계장신구를 떼어버렸다.

반더는 확신에 찬 태도로 그를 조용히 받아주며 부드러우면서도 날카로운 목소리로 오데마를 정신과 영혼의 분야로 끌어들였다. 사실 오데마는 고딕의 순수함을 간직하고 있었는데 고통에 휩싸여 이 타락한 세기에 심오한 신비사상의 체계를 세웠다. 신성(神性)에 대해 이야기할 때 그의 목소리는 오르간처럼 울렸다.

여기서 새로운 세계를 발견하자 오데마는 감격한 나머지 몸을 떨었다. 지금까지는 위세 부리기 한 가지에서만 게르만의 위대함을 보아왔지만 문득 왜 두 얼굴을 가진 민족 이야기가 나오는지 깨닫게 되었던 것이다. 모호한 군대식 사고를 실컷 겪어보고 나자 이제는 신성을 맛보고 싶었다.

"겸손을 실행하자!" 반더가 예언자 같이 말했다. "큰 이변이 올 것이다. 인류가 이렇게 이상과 고통 없이 천박하고 나약하게 사는 시대는 이제 끝이다. 큰 고통을 거쳐야만 이 세상에 행복이 온다. 그대들의 배가 맥주로 가득 차 있지만 잔을 비워야 할 날이 올 것이다. 입맛이 쓰겠지. 맥주도 없으니."

오데마는 반더가 몹시 고통스러워함을 느꼈으며 큰형처럼 감탄스럽고 두렵게 느껴졌다. 사람을 압도하면서도 아주 자유롭게 하는 반더의 무서운 눈 때문이었다. 이들은 곧 떨어질 수 없는 사이가 되었다. 강의가 끝나면 함께 꽃이 만발한 강변을 성큼성큼 걸었는데 라인 강의 물결은

〈신들의 황혼〉[29]에 나오는 유명한 황금을 머금고 있었다. 밝은 달밤에는 강변 위쪽으로 핑크빛 벚나무와 사과나무가 양쪽에 늘어선 길을 따라 거닐었다. 눈이 수백 개 붙은, 즉 선실이 환히 켜진 배들이 지나갔는데 거기에는 무용담이 가득 실려 있었다. 은빛이 나는 버드나무 아래에서는 벌거벗은 라인의 딸들이 목욕을 했다. 머리에 개똥벌레로 만든 왕관을 쓴 요괴들이 춤을 추었다. 사라진 영웅들을 애도하면서 물의 정령들은 발표되지 않은 비극의 구절을 노래했다. 갑자기 건너편 길에 네덜란드에서 온 특급열차가 엄청난 속도로 그리고 생생한 현실로 나타나 꿈의 세계를 덮쳐 파리한 허깨비들을 쫓아냈다.

두 젊은이는 어둠속을 계속 걸어 잠자는 마을을 지나가다가 호프만[30]이나 하우프[31]의 소설에서 나와 여기서 길을 잃은 유령들에게 인사를 했다. 가끔은 아직 잠들지 않은 보리수 밑의 객주집에 들어가 연분홍색 포도주를 마시며 신비적이고 황홀한 생각들을 횡설수설 늘어놓았다.

아름다운 여름날 아침 옷과 정신 모두 헝클어진 상태로 야간 탐구여행에서 돌아오니 시내가 흥분에 빠져있었다. 한 노인이 떨리는 몸으로 신문을 흔들며 울먹이는 목소리로 말했다.

"국민총동원령……."

---

29 Götterdämmerung. 리하르트 바그너가 만든 《니벨룽의 반지》의 네 번째 오페라.

30 Ernst Theodor Amadeus Hoffmann, 1776~1822, 독일의 낭만주의 소설가.

31 Wilhelm Hauff, 1802~1827, 독일의 낭만주의 시인, 소설가. 동화작가로 더 유명하다.

Salvador Dali, Jean sans Terre.

　1918년 11월 어느 날 저녁. 오데마 뮐러가 포츠담 광장의 광고탑 앞에 나타났다. 그는 누구와 숨바꼭질을 하는지 아니면 애써 연극공연목록을 찾고 있는지 내내 기둥 주위를 돌기만 했다. 기차역의 스파르타쿠스 단원을 겨냥한 기관총부대의 총알을 피하려고 그러는 것도 같았다.

　대홍수와 혁명이 일어난 11월이었다. 길 위로 억수같은 비가 쏟아지자 아름다운 여인들은 비단 우산을 펼쳤다. 총알이 여인들이 왼쪽 가슴에 단 장미를 갈기갈기 찢어버리자 이들은 보이지 않는 애인의 명령에 따르듯 말없이 그 자리에 널브러졌다.

　포츠담 광장은 격전이 벌어진 샹파뉴 전선[32]만큼이나 위험했다. 잿빛 하늘이 납빛 관 뚜껑처럼 도시를 내리누르고 있었다. 킬[33]에서 온 청백색 차림의 수병들만이 죽음의 잿빛에 생기를 불어넣으며 분위기를 달구었

32　특히 1915년의 전투.
33　Kiel. 발트해의 항구도시로 1871~1918년에는 독일의 중요한 군사기지가 있었다.

다. 어스름 속에서 붉은 군대 병사들이 표현주의 그림에 그려진 것처럼 각진 동작으로 군기를 흔들었다.

한편 시에서는 혁명이 일어난 사실을 덮으려고 온갖 애를 썼다. 며칠 전부터 골목길에서는 잦은 싸움이 벌어지며 누군가를 구타하는 소리와 함께 부당상한 사람들의 비명소리가 그치지 않았다. 군중들은 오른쪽, 왼쪽으로 몰려가 회랑[34]으로 스며들기를 반복했다. 그러다 갑자기 질서가 찾아오고 마치 소나기가 내린 뒤의 달팽이처럼 전차가 느릿느릿 ─ 굳은 시체와 뭉개진 지팡이를 가르며 ─ 운행을 계속했다.

오데마 뮐러가 전선에서 왔다. 패잔병 무리에 섞여 가다 이곳에서 멈추었다. 두려움과 곤경으로 점철된 아주 고통스러운 길이었다. 병든 거구의 뜨거운 머리에 해당하는 베를린에 온 것이다. 영웅적인 4년과 절망의 4년을 거친 지금 독일은 고름투성이 몸으로 굶주림에 시달리고 있었다. 그러나 같은 기간에 많은 유럽인들은 문명의 절정기에 석기시대보다 더 궁핍하게 살았다. 무를 먹고 걸칠 것이 아무것도 없어 잎으로 옷을 해 입었으며 외부세계와도 차단되어 있었다.

아, 혁명이여 어서 오라! 숨 쉬는 것, 보는 것 모두 더 자유롭겠지! 어떤 대가를 치르더라도 투명해야 돼! 빨갱이, 빨갱이가 올 거야, 암담한 시기가 지나고 나면! 땅바닥에 엎드려 진흙 냄새를 맡은 뒤 거리에서 허파를 벌렁거린다.

수천 명의 무장해제한 병사와 장교들이 베를린 거리로 쏟아졌다. 어

---

34 권력의 회랑을 말하며 정부의 중요 사항들이 결정되는 상충부를 뜻함.

디선가 내려온 명령에 따라 그들은 모자에서 흑백적[35] 삼색 표지를, 그리고 외투에서는 견장을 떼어냈다. 패전 영웅들은 이렇게 계급이나 소속을 구별하지 않고 조국으로 귀환했다. 애통해할 것 없지! 쿡쿡 쑤셔대는 관자놀이를 동쪽 바람, 자유의 바람이 맴돌고 있었다.

포츠담 광장에서 잿빛 소나기가 그쳤다. 전쟁의 먹구름이 마지막으로 에너지를 빙출한 것이다. 20분간 한데 몰려있었던 군중들이 걸음을 계속했다. 그런데 바로 이때, 새로 길이 열리고 전쟁으로 기계가 되었던 사람이 마침내 자신의 선택과 욕망의 주인으로 다시 나타난, 그리고 오데마가 오른쪽이든 왼쪽이든 가고 싶은 데로 갈 수 있는 바로 이때 그는 두려움에 목이 답답했다.

어디로 가지? 뭘 할까? 포옹할 사람은?

고향에서는 기대할 게 아무것도 없었다. 나이 든 아버지는 예퍼른[36] 근처에서 중대장으로 전사하셨으며 그에게는 여전히 용감한 산림감독관이다. 어머니는 고통과 궁핍 그리고 외로움을 이겨내지 못하고 돌아가셨다. 정든 튀링엔으로 가야 할 까닭이 무엇이며 거기에 뭐가 있단 말인가?

그래서 그는 땡전 한 푼도 없이 베를린에 왔으며 그의 주머니에 있는 것은 패전의 종소리가 처음 울렸을 때 가슴에서 떼어낸 철십자훈장과 몇몇 장식뿐이었다.

그가 훌륭한 학생, 훌륭한 대학생이었던 것처럼 물론 그는 훌륭한 군

---

35 독일제국(1871~1918) 국기의 색.

36 벨기에의 플랑드르주의 소읍.

인이었다. 저 잊지 못할 아침, 라인 강변에 드리워진 낭만적인 꿈이 기병
대 나팔소리에 쫓겨난 이후 그는 다시 독일인이 되었다. 신비스러웠던
빌헬름 반더의 영향은 아편 연기처럼 사라져버렸다. 그런데 맹렬히 세
상을 부정하던 그 자는 어떻게 되었을까? 수많은 전우들처럼 초기에 학
살당하지 않았을까? 평소 계획했던 대로 중립국으로 숨어들었을까? 두
젊은이 사이에는 모든 연락이 끊어진 상태였다.

전쟁 중에 오데마는 진급, 표창, 명성을 누렸다. 그러다 중상을 입고
날마다 눈앞을 스쳐가는 희생된 영웅들의 참상을 보면서 여러 달을 군
인병원에서 보냈다. 무명 희생자들이 어찌나 많던지 조상님들의 초혼당
인 발할라의 문을 닫아야 할 지경이었다. 차츰차츰 자신의 멋진 이상에
의구심이 생겨났다. 승리를 알리는 보도와 함께 반더가 겁먹은 얼굴로
비죽이며 웃는 모습이 계속 다시 떠올랐다.

오데마의 침대 옆 사람은 이름이 침머만으로 사회주의 신문《포어베
르츠(Vorwärts)》[37]의 편집자이자 열렬한 혁명가였다. 그는 당통[38]과 조
레스[39]에 미쳐있었는데 이런 환경에서 그런 이름들은 매우 기이한 것이
었다. 그들은 지식인끼리 만났다는 사실에 기뻐하며 우정을 다졌다. 경
주마처럼 발굽으로 땅을 박박 긁어대듯 병원 뒤에 있는 야채밭 가운데
를 산책하면서 사회주의자는 ― 신비주의에는 신비주의로 맞받아치는
방법으로 ― 오데마에게 인간의 정의와 자유라는 새로운 신화, 즉 혁명

---

37 1890년 이후의 사민당기관지. 1918년 12월 25일 스파르타쿠스단이 포어베르츠 건물을
점령한 적이 있다.

38 Georges Jacques Danton, 1759~1794. 프랑스 혁명의 지도자.

39 Auguste-Marie-Joseph-Jean Jaures, 1859~1914. 프랑스의 사회주의자.

의 신화를 가르쳐주었다. 시간이 지나며 이 신비주의가 반더의 것을 메워나갔다. 그렇지 않아도 이미 전 독일군에 붉은 독약이 스며들고 있었다. 침머만이 베개 밑으로 몰래 몇몇 팸플릿을 넣어줌으로써 마침내 오데마의 전향도 완료되었다. 서로 헤어지면서 편집장은 아직까지 수줍음과 진지함을 보이는 제자에게서 베를린에 도착하는 즉시 찾아오겠다는 약속을 받아냈다. 그러면서도 그는 그런 기회가 그렇게 빨리 오리라고는 기대하지 않았다.

지금 오데마가 있는 곳은 라이프치히 거리였다. 화려한 불빛과 아름다운 여인들로 반짝반짝 빛나는 유명한 가로수 길, 켜켜이 눌러 담은 캐비아처럼 인파로 붐비는 긴 회색 지하통로가 있는 곳이 아닌가? 그는 이미 소문과 사진으로 독일의 첫 황제가 조상의 영광을 기리기 위해 만든 유명한 개선로를 알고 있었다. 이 길에는 20미터마다 프로이센 왕이나 왕자가 얼음사탕으로 만든 받침돌 위에 점잖을 빼며 서서 손짓발짓으로 역사를 알려주었다. 흠, 하지만 여기는 패잔병의 거리라고 해야 맞지 않나? 상이군인들이 20미터 간격으로 큰 대문이나 화려한 백화점 앞에 늘어서서 구걸하며 그들의 영웅적 행위에 대해 간절히 보수를 청하고 있었다. 아, 그들이 바라는 것은 대리석상이 아니라 동전 한 닢이었지만 그나마도 얻기가 힘들었다. 이것이 영웅의 어두운 면이며 망가질 대로 망가진 사내의 모습이었다. 또 피리와 북 또는 클라리넷과 같은 불길한 악기로 불협화음을 만들며 음산한 군악을 연주했는데 무장 해제되는 군인을 풍자하는 것 같았다. 형편이 괜찮은 사람 몇은 손풍금을 돌리고 있었다. 깜짝 놀랄 장면들―아마빛 머리의 소녀가 바로 얼마 전에 자신이 누웠을 낡은 유모차에 팔다리가 없는 몸체를 끌고 있었고 몇 미터 앞에는 긴 몸통에 머리가 붙어서 흔들거리고 있었는데 불그레한 살이 엉켜 공 모양을 갖추긴 했지만 코와 입이 있던 가운데는 구멍이 나 있었다. 셋째는 계속 한 발을 떨며 신경질인 경련을 일으키고 있었는데 그것이 멈추는 날이 바로 고꾸라지는 날임을 알 수 있었다.

오데마는 이 슬픈 행진을 따라가야 할지 곰곰이 생각했다. 그는 의지도 희망도 없이 자신을 운명에 맡겼다. 뭘 하지? 무엇을 해서 먹고 살지?

갑자기 신문팔이 소년이 그의 발에 걸려 넘어질 뻔하다가 계속 달려가며 목이 터져라 외쳤다.

"포어베르츠요! 포어베르츠! 새 혁명정부 구성!"

문득 뭔가 약속을 했던 친구가 이 도시에 살고 있다는 생각이 났다. 다행히도 오데마가 다시 목표를 갖게 된 것이다. 그는 한 행인에게 사회주의 신문사의 주소를 물었다.

그러자 그 사람이 대답했다. "못 지나갈 걸요. 바로 건물 앞에서 싸움이 벌어지고 있거든요. 반혁명분자들이 오늘 아침부터 그곳을 에워싸고 있어요."

'그럼 더 좋지!' 하고 오데마는 생각했다. 오랫동안 의지가지없이 맥빠진 나날을 보냈는데 이제 뭔가 실마리가 풀리는 것을 느꼈다.

린덴거리에 이르니 과연 대검과 수류탄을 멜빵이 달린 혁대에 착용한 한 무리의 군인들이 건물 앞 백여 미터를 차단하고 있었다. 최근의 으스스한 며칠 동안 독일의 운명은 이 건물에서 결정되었다. 어느 골목길에서 일제히 사격하는 소리가 났다. 그리고 곧이어 비명과 단말마의 외침이 메아리처럼 울렸다.

그러나 오데마는 눈도 깜짝하지 않고 팔꿈치를 이용해 부대를 지휘하는 하사관이 있는 데까지 다가갔다. 투른-탁시스 공자가 입힌 칼자국이 핏빛으로 번뜩였다. 오데마가 옛 아르미니아 단원다운 목소리로 외쳤다.

"포어베르츠 편집장인 침머만 씨에게 현지 사령관의 전갈을 전하러 왔소."

군인은 이런 말투로 말하면 순순히 말을 들었다. 하사가 그를 통과시켰다.

너덜너덜 헤진 군복 차림으로 오데마는 아무 움직임도 없이 진공 상태나 다름없는 거리를 홀로 걸어갔다. 주머니에서는 여전히 철십자훈장과 엽전 몇 개 그리고 다른 훈장들이 쩔렁거렸다. 그는 운명을 좌우하는 소식을 전달하는 사람처럼 망설이지 않고 가슴을 편 채 당당하게 건물로 들어갔다. 좁은 계단에서는 절벽 틈의 말벌 집처럼 윙윙대는 소리가 났다. 문은 모두 활짝 열려있었는데 방에서는 계속 전화벨이 울려대고 달리고 부딪치는 사람들로 어수선했다. 기침을 하며 다른 사람들의 옷옷을 잡고 무슨 명령인가를 전하는 사람이 보였다. 오데마는 피라미드 안을 태평스레 거니는 여행자처럼 건물 안을 걸었다. 젊은 사환에게 침머만이란 이름을 대자 어설프게 손을 들어 문 하나를 가리켰다. 오데마는 문을 두드리지도 않고 안으로 들어갔다. 장군 지위뿐만 아니라 정중한 예법도 폐기된 시기라는 것을 느낌으로 알았다. 갑자기 회의실이 나타나며 열댓 명이 테이블에 둘러앉아 소리치고 손짓을 하는 모습이 보였다. 그 뒤로 한 사내가 협주곡을 지휘하는 듯 편지 여는 칼을 든 채 조용히 앉아있었다. 침머만이었다. 그가 느릿느릿, 맥 빠진 듯한 목소리로 물었다.

"동지들, 내무부는 누구에게 맡길까?"

"셴크에게 줍시다!"

"셴크? 너무 야심이 많아. 그는 믿을 수가 없어."

"저를 시켜주십시오! 저는 엄격한 사람입니다. 내일 배신자 오천 명을 감옥에 보내겠습니다." 하고 붉은 수염의 키가 작은 사내가 말했다.

"아, 그래." 하고 웃으며 침머만이 말했다. "그렇게 되면 제일 먼저 나를 감옥에 넣겠군."

모두가 웃었다. 붉은 수염의 사내도 참다못해 웃고 말았다.

"좋아. 셴크의 대답을 기다려보지." 침머만이 끝맺었다.

"그때까지는 내무부를 비워둡시다. 아직 보건부가 남아 있어요. 보건을 맡을 사람 없어요? 자네들한테 너무 과분할 자리인지도 모르지. 병원을 휘어잡을 수 있는 사람이 필요해."

이 순간 오데마가 환영처럼 문간에 서 있는 것을 침머만이 보았다. 그는 그를 바로 알아보고 역설과 연극효과를 즐기는 사람답게 "이럴 수가. 오데마, 자네는 하늘이 내려주신 선물이네! 자네를 보건부 인민위원으로 임명하겠네!" 하고 말했다.

모두가 깜짝 놀라 우왕좌왕했다.

붉은 수염의 사내가 제복을 보더니 중얼댔다. "차라리 지옥의 선물이라고 하는 게 낫겠어!"

오데마는 소용돌이에 휩쓸리듯 방안으로 끌려갔다. 웅성대는 소리와 그를 이리저리 잡아당기거나 그에게서 눈을 떼지 않고 만져보는 낯선 사람들 때문에 그는 대목장에 와있는 느낌이 들었다. 침머만이 그런 결정을 내린 것으로 보아 이 자는 잘 모르지만 대단한 인물일 것이다. 물론 의심스러운 게 한두 가지가 아니었지만 아무도 대장의 갑작스러운 발상에 대들려고 하지 않았다. 혁명기였으니 놀랄 것도 없었다.

침머만은 앞으로 함께 일할 동료들에게 오데마를 간단히 소개했다. 이제 막 전선에서 돌아온 장교가 영광스러운 제복을 입은 채 혁명내각에 입각한 만큼 곧 인민의 신뢰를 얻을 것이라는 말로 그들을 설득했다. 그러고서 사람들은 그런 이야기를 상상하는 것을 좋아하는 것을 명심해야 한다고 덧붙였다.

그들은 오데마의 의견도 묻지 않고 이렇게 그를 혁명에 가담시켰다. 오데마는 사고방식이 유연했으며 적응을 잘했다. 그는 곧 새로운 상황에 익숙해졌으며 거기에서 유력한 논쟁 수단을 개발했다. 혁명에 대한 신념은 결코 문제되지 않았다. 이론 교육도 매우 단순했다. 불안한 시대에 장관이 되려고, 황제를 처형하는 법을 알려고 마르크스 공부를 마치는 것도 생뚱맞지 않은가! 그런 일에는 건전한 판단력과 거룩한 열정만 있으면 되었다. 곧 오데마의 생각은 삶이 정해준 틀 안에서 움직였다. 날마다 시달리는 것을 따른다는 말이기도 하다. 그가 피히테[40]와 트라이치케[41]의 가르침을 따르며 광범위한 게르만 정신의 신봉자들을 숭배하고 나중에는 고딕과 중세의 수상쩍은 신비주의를 받아들였듯이 이제는 아주 수월하게 지금 이 세상은 오로지 새로운 상징의 출현을 통해서 구원될 수 있다고 확신했다. 보편적 사랑, 형제애, 모든 억압받는 자들의 해방이란 상징을 통해서.

---

40 Johann Gottlieb Fichte, 1762~1814, 독일 관념철학의 대표자.

41 Heinrich von Treitschke, 1834~1896, 독일의 역사가이자 정치평론가. 소독일주 및 군국주의·애국주의에 바탕한 강경외교를 주장했다.

덧붙여 말하면, 대부분의 독일 지식인들은 오데마와 같은 정신을 갖고 있었다.

극단적인 증오가 발작하더니 이번에는 사랑의 열풍이 나라를 엄습하였다. 갑자기 동정, 정의, 자선을 발견하고 이 미덕을 중요시했다. 수백만 명의 인간이 4년 내내 살인자 노릇을 하고 온갖 신들을 섬겼었다. 그들은 쫓기는 야수처럼 소리를 지르며 적을 죽였고 풋풋한 흰 가슴에서 피가 솟구치는 것을 보았으며 아직 온기가 있는 시체를 딛고 서서 전제 군주를 경배했었다. 그런데 이 수백만 인간들이 느닷없이 그 모든 게 부당하고 어리석고 불행한 짓이었다고 주장한 것이다. 어찌하여 이렇게 태도가 바뀔 수 있지? 몇몇 신문기사와 몇몇 연설이 이런 기적을 일으켰던 것이다. 아이고, '자선당'이란 정당을 새로 만들고 잊혀진 작가들의 작품에서 이타심을 호소하는 그럴싸한 대목을 찾아냈다. 노동자들이 빛을 받아 귀한 존재가 되었으며 미천하기 그지없는 하녀가 영웅 대우를 받았다.

이런 새로운 정신에 맞춰 침머만은 혁명내각에서 함께 일할 사람을 선발하려고 했다. 몇몇 기술자, 정당지도자 몇 명 그리고 노동자 몇 명 외에도 그는 최신 열풍에 맞는 생각을 지닌 지식인 두 명, 즉 정신과 의사와 시인을 임명했다. 시인의 이름은 에렌라웁이었는데 전시에 플라톤식의 '이상 국가' 설립과 왕정의 폐지를 주장한 기고문 때문에 철창신세를 진 인물이었다. 혁명 내각에 들어오자 그는 자유와 온정이 흘러넘치고 이상주의와 사회 정의에 도취된 독일을 만들려고 했다. 모든 게 바뀌어야 돼! '가치의 재평가'는 사랑이든 윤리든 모든 영역에 적용되었다. 그는 길모퉁이, 벽 그리고 다리마다 인간애란 단어를 붙이고 미용 상품이

나 담배 광고도 "서로 사랑하라"로 바꾸고 싶어 했다.

다른 장관 내정자는 자하르 박사라는 유명한 의사였다. 그는 베를린 최초의 정신분석가이며 열렬한 혁명가로 존경을 받았다. 옛 정권 시절에도 그의 모임에는 모든 진영의 인물들이 만나 교류하였으며 황제의 관리들은 위급한 시기에 이 중립지역에서 공산당 지도자를 만나는 것을 반겼다. 이들은 공개적으로 서로 알고 지낼 수 있는 관계가 아니라 싸우고, 이제는 굴복시키고 속이려 하는 사이였다. 그뿐 아니라 자하르 박사는 학계에도 큰 놀라움을 안겨주었다.

독일에서는 '오이디푸스 콤플렉스'가 많은 여자들에게 충격을 주었으며 지금은 조금 시들해진 상태였다. 자하라 박사는 이것을 보고 그것을 대신할 새로운 이론으로 '열등의식 콤플렉스'를 발표했다. 그 내용은 개인 사이의 알력, 미움, 시기 같은 것은 어린 시절에 전제적인 부모에게 벌을 받거나 자신보다 강한 친구 또는 불공정한 교사에게 억압을 받은 데서 비롯하며 그 때문에 남은 생애 동안 열등의식에 쫓기고 벗어나기 아니면 복수하기라는 한 가지 목표밖에 없다는 것이었다. 자하르 박사는 이것이 개인과 민족 모두에게 해당되는 것으로 전쟁의 주원인이며 민족들이 열등의식에서 벗어나야만 공공 평화와 세계 보건이 자연스럽게 지속될 수 있다고 주장했다.

포어베르츠 건물을 나설 때 자하르 박사는 오데마가 무척 마음에 들었는지 줄곧 관심을 보이더니 저녁을 자기 집에서 보내자고 그를 초대했다. 오데마가 그에게 너덜너덜한 군복과 뭉턱한 군화, 텅 빈 주머니를 보여 주자 박사는 그를 자동차에 태우더니 자신의 재단사, 신사용품 전문점, 이발소로 데려갔다. 한 시간도 못 되어 황제의 병사는 세련된 혁명가로 변신했다. 조금 속물스러운 자하르는 루소 같은 대철학가를 꿈꾸었고, 오데마의 창백하고 침울한 얼굴과 구불거리는 머리에서는 약간 낭만적인 분위기가 풍겼다.

이 유명한 정신분석가는 세련되고 사교에 뛰어난 유대인이었다. 단정한 머리에 이마가 동글갸름했으며, 커다란 두 눈은 산양털 같은 갈색을 띠었는데 거기서 뿜어내는 열기를 금테안경이 누그러뜨려주었다. 코 또한 아주 잘생겼고 오뚝했다. 새빨간 입술이 몹시 관능적이었다. 여기에다 친절함, 인정스러움, 자선행위로 분장까지 했다. 그러나 이 모든 미덕은 그의 지력의 결과이지 그의 본성과는 아무 상관이 없었다.

그는 아주 부유한 부동산중개인인 핑켈슈타인의 부인을 정부로 두었다. 그녀가 정신분석을 받으러 왔을 때 자하르 박사는 그녀에게 변두리의 카드 점쟁이도 할 수 있는 재래식 방법으로 꿈을 해석해 마음의 족쇄를 풀어주고 그녀를 손에 넣었다. 남편에게 싫증을 느끼고 있던 핑켈슈타인 부인은 자하라 박사가 겉으로는 꿈을 다루는 전문가인 척 하지만 실은 자신의 환자들보다도 심하게 '콤플렉스'를 앓는 연약하고 불행한 사람임을 알고 그에게 모든 것을 다 바쳤다. 그의 집에 들어앉은 지 얼마 되지 않아 핑켈슈타인 부인은 은연중에 여자의 본능이라는 무기만으로 그녀가 없어선 안 될 존재라는 생각을 그에게 심어놓았다. 그에게 정부일 뿐 아니라 아울러 '어머니'였기 때문이다. 프로이트에 의하면 남자는 좋아하고 사랑하는 여자에게서 언제나 그런 모습을 찾는다고 했다. 실제로 정신분석가의 책상에는 몇 가지 점에서 그녀와 비슷한 누렇게 변한 사진을 볼 수 있는데, 이 엄마 사진을 보며 젊은 여배우의 모습을 상상했을 것이다.

핑켈슈타인 부인의 이름은 노라였다. 그녀는 모든 가정의 아버지가 히스테리로 머리가 돌던 시대에 태어났다. 그러나 그녀의 모습은 요란스러운 여인과 달랐다. 독일인들은 니체와 루 살로메의 경우처럼 인생에서 한번쯤 말채찍을 멋지게 쓰는 거만하고 잔혹한 팜므파탈을 마주치고 싶어 한다. 그러나 노라는 그런 여자가 아니었다. 그녀는 머리, 코 그리고 상체 등 모든 게 둥글둥글했고 짧게 자른 고수머리에 볼에는 살짝 보조개가 져있었다. 갈색 눈 역시 둥글둥글 놀라움이나 부드러움, 상냥함, 온정을 나타냈으며 금방이라도 둥근 눈물을 쏟을 것 같았다. 순박한 강아지의 눈이었다. 오, 그녀가 아기 침대 위로 몸을 굽히고 아이들이 소리치며 그녀의 앞치마에 매달릴 때의 모습이라니. 그녀는 사람의 가슴을 뭉클하게 하는 매력적인 여자였다. 하지만 그녀는 베를린 여자였고 정신분석학을 알게 되었다.

게다가 그녀는 베를린 서부 출신이었다. 다시 말해 시대에 뒤떨어지지 않고 현대인의 갈망에 젖어있다는 뜻이었다. 당시에는 무의식과 잠재의식에 대한 새로운 지식을 바탕으로 구체화된 온갖 이론들이 나돌았다. 자유연애, 인격의 발전, 리비도 예찬 같은 것이었다. 애정관계에는 형이상학, 심령학의 영향이 배어들었다. 사람들은 존재의 근원에 도달하려 했으며 이를 위해서는 절대적인 연애의 자유와 무질서한 결혼생활 이론이 안성맞춤이었다. 정신분석학은 새로운 세계종교 행세를 하며 그럴싸하게 허황된 초도덕성을 전파하였다. 의무라고까지 할 수는 없지만 누구나 자아를 탐구하거나 진기한 꽃처럼 보호할 권리가 있다. 불행이나 불쾌한 일로 괴로울 때 어머니의 젖가슴에서는 아니라도 아무것도 모르는 어린 시절의 순진함에서 그 원인을 찾아야 한다.

노라에게는 남자들은 이해할 수 없는 힘이 있었다. 자하르 박사는 그녀에게 어린애처럼 복종했다. 그는 그녀에게서 생식능력과 수정 기능을 지닌 어머니의 모습을 다시 발견하였다. 그의 남성은 포근한 흰 팔에 안겨 좋았으며 그는 그럴수록 정신 체조에 더 전념할 수 있었다. 핑켈슈타인 부인이 그를 돌보기 시작한 때부터 그는 더 진지하게 목적의식을 갖고 일했다. 그의 연구는 갈수록 깊이를 더했다. 그뿐 아니라 그는 인간관계에서도 지금까지 보지 못한 도약을 이루었다. 그의 모임은 큰 관심을 끌었으며 이름이 신문에 났다. 장관으로 임명되는 영예도 주어졌는데 당연히 노라의 진취성 덕분이었다. 그런데 대체 무슨 매력이 있기에 버림받은 남편 핑켈슈타인까지 노라에게 매여 있을까? 그는 자하르 박사와는 정반대였다. 그는 본데없는 천박한 상인으로 외모나 대화가 세련되지 않았으며 성불구였고 뚜렷한 주관도 없었다. 핑켈슈타인 같은 부자라면 잘 배운 평민의 딸을 집안에 들어앉히고 자기 아내의 부정을 잊고 싶을 수도 있었을 것이나. 그러나 노라에 대한 기억이 번들번들한 큰 머리를 말벌처럼 돌며 윙윙거렸다. 완전히 깎은 머리는 흑투성이였는데 독일에서 흔히 볼 수 있는 것이었다. 사무실 한 가운데에 앉아 중요한 사무를 보거나 전화를 할 때면 노라의 날카롭고 위압적인 목소리가 들리며 귀에서 떠나지 않았다. 머릿속에서도 윙윙거리는 소리가 났다. 그는 노라에게 홀딱 빠져있었으며 그녀가 남자 때문이 아니라 심리분석 때문에 그를 떠났다고 한 말도 믿었다. 그들은 친구로서 계속 좋은 관계를 유지했다.

둘째 목요일마다 노라는 전 남편의 집에서 만찬을 들었는데 그는 새 신부를 맞이할 때처럼 상을 차렸으며 모든 꽃병에 그녀가 좋아하는 난을 꽂아 배치했다. 식품점 힐러에서는 최상품을 구입했다.

자하르 박사가 애인에게 오데마 뮐러를 소개했다.

"우리 보건부 장관이오!"

오데마가 노라의 분이 뿌려진 작은 손을 입술에 가져갔다. 한순간 손님들은 호기심에 휩싸였다. 응접실은 호화로웠으며 고상한 취향에 맞게 꾸며져 있었고 예술품을 드문드문 배치한 것이 오히려 그것을 더 돋보이게 하는 효과를 주었다.

핑켈슈타인 부인은 그를 보자마자 이 남자가 자신의 인생에 중요한 사람이 될 것임을 느꼈다. 자신의 애인들 가운데 이런 타입은 없었다. 그러면서 그녀는 그를 더 잘 관찰하기 위해 가까이에 있는 인물들을 그에게 소개했다. 그리고 그에게 작업을 걸기 전에 몇몇 친한 사람에게서 이 젊은 정복자에 대한 정보를 수집했다.

몸집이 작은, 사십 대로 보이는 한 남자가 오데마가 혼자 있는 틈을 타 그에게 다가왔다. 그의 머리에는 새로 난 머리가 이끼처럼 덮여있어 얼굴에 비해 이마가 좁아 보였다. 근시였으며 긴 코에는 면도날처럼 가느다란 코안경이 걸려있었다. 그가 다음과 같이 자신을 소개했다.

"그리멜바흐 박사요! 죄송합니다만 장관님, 이미 무슨 계획을 세우셨는지요? 혁명의 성공과 명성을 위해 수행하는 당신의 업무가 사회에 미칠 영향을 조사해보셨습니까? 나는 10년 전부터 이 문제를 연구하며 〈사회주의적인 달〉에 글도 몇 편 기고했지요. 혹시 국장을 임명하셨습니까? 저를 쓰십시오! 저는 제 삶 전체를 그 일에 걸었습니다. 오늘 저녁에라도 인류 역사에 새로운 시대를 열어줄 완전한 계획서를 작성해 장관님 손에 쥐어드릴 수 있습니다. 스무 가지가 있는데 그중 한 가지만 들어주십시오."

(그리멜바흐 박사는 잠시 머뭇거리며 상대방을 유심히 살펴보았다.) "매매춘 문제에 관심이 있으십니까? 여기에 근본적으로 혁명적인 입법이 필요한 문제들이 있습니다. 자본주의 사회에서는 현재까지 매춘이 범죄라고 여기진 않지만 유해한 점이 있다고 봅니다. 그러면서 직업적으로 매매춘에 종사하는 여자들은 늘 멸시를 받아왔습니다. 고대 그리스의 창녀들은 대단한 미모와 왕성한 지성을 갖춘 여자들이었으며 몸을 제공해 먹고살았지만 존경을 받았습니다. 서구 자본주의에서는 돈을 받고 노동을 파는 사람도 매춘하는 것이 되지요. 자본주의 사회는 만인의 매춘에 기반을 두고 있으며 사람의 인격을 위축시킵니다. 그러니까 우리는 사랑을 팔아서 살아가는 여자들에게 품위를 돌려주어야 합니다. 남자들이 존재하는 한 매매춘도 존재할 것입니다. 재산을 보고 한 결혼도 매매춘이나 다름없지요. 도덕의 향상에 관심이 있는 자유국가라면 매춘녀들에게 인간의 품위를 다시 돌려주는 것을 목표로 삼아야 합니다. 먼저 눈 가리고 아웅하는 격인 불쾌한 능복제를 폐지해야 합니다. 그런 뒤 매춘여성의 노동조합을 설립하고 스스로 경비를 부담하여 전문의를 이용하고 질병을 퇴치할 수단을 확보해야 합니다. 저 개인적으로는 국가에서 '성병보험'을 만들 것을 제안하겠습니다. 이 재앙은 이전 세대에서 우리에게 옮겨졌지요. 그런 만큼 이것을 유럽에서 근절하는 날까지 사회적으로 그에 대해 전반적인 책임을 져야 합니다. 마지막으로 일정한 나이에 도달해 홀로 사는 매춘여성들을 위한 양로원도 설립하는 것……."

자하르 박사의 응접실에서는 그런 이야기가 아무렇지 않게 오고갔다. 그곳은 거대한 아이디어 실험실이었으며 핑켈슈타인 부인은 새롭고 유망한 것에는 무엇이든 문을 활짝 열었던 것이다. 그녀의 집에서는 체제 전복이 있기 오래 전, 장군들이 한참 대승을 거두고 있을 때 처음으로 '혁명'이란 말을 속삭였다. 이때 변호사들은 대화가 과격해지지 않을까 신경을 썼으며 신임을 잃은 해군 사령관이 국가기밀을 지껄여대는 경우도 가끔 있었다. 노라가 포로수용소에서 도망쳐 나온 세르비아 사람에게 차와 케이크를, 방금 스위스에서 온 러시아 공산주의자들에게는 음식을 주었다. 프랑스 두오몽[42]에서 격전이 벌어지던 아주 암담했던 시절, 국립극장의 예술가들이 샤를 페기[43]와 폴 클로델[44]의 시를 들먹인 곳도 여기 응접실이었다.

그리멜바흐 박사의 설명에 핑켈슈타인 부인이 "아주 멋지고 거창한 생각이군요!" 하고 갈채를 보냈다. 사실 그녀는 창녀를 가까이서 본 적이 전혀 없었다.

곧 몇몇 점잖은 신사들이 성병보험을 놓고 토론에 들어갔다.

핑켈슈타인 부인이 오데마를 조용한 데로 끌고 갔다. "큰일을 해내실 거예요. 게다가 당신은 영웅으로서 필요한 점을 다 지니고 있어요. 그런데 이건 뭐죠? 전쟁에서 생긴 흉터인가요?"

오데마가 얼굴을 붉히며 "아닙니다, 부인. 투른-탁시스 공자와의 결투에서 입은 상처 자국입니다." 하고 대답했다. 며칠 전부터 시민들의 항의 속에 크고 작은 독일의 왕권이 꿍음을 내며 무너지는 것을 보았지만 그럼에도 노라는 그런 명예를 얻은 남자를 마주하자 기분이 매우 설레었다. 그녀는 오데마를 가까이서 살펴보았다. 진짜 아리아인이야! 위압

---

42 프랑스 로렌 주의 베르됭에서 북동쪽으로 9km 떨어진 곳에 설치된 요새.

43 Charles Peguy, 1873~1914, 프랑스의 시인.

44 Paul Claudel, 1868~1955, 프랑스의 외교관이자 시인.

적인 체격에다 멋진 금발까지! 정말이지, 그녀의 모임에서 보기 드문 거물이었다. "완벽한 남자야!" 그녀는 혼란스러워했다. "저렇게 침착하고 태연할 수가!" 그러고서 그녀는 잠시 그와 자신의 지배를 받는 남자들을 비교했다. 별종 지식인인 자하르, 나약하고 무식한 핑켈슈타인, 이 자아도취적인 변호사, 저기 엉터리 음악가 — 모두가 쪼다, 병신들뿐이었다.

오데마의 흉터가 붉은빛, 진홍 또는 주황빛을 띠며 정력이 넘치는 얼굴이 번개처럼 스치자 그녀는 곰곰이 생각했다. "이 남자도 나를 잡으려 할까?"

그녀는 충격을 감추려고 침머만 쪽으로 몸을 돌려 그를 탁자로 불렀다.

그러자 곧 옆자리에서 퇴역장교처럼 보이는 키가 큰 남자가 빠져나왔다. 수염은 빌헬름 2세[45]처럼 길렀으며 모닝코트는 옷자락이 장화 뒤축에 닿을 정도로 재단이 엉망이었다. 녹덜미의 칼라는 높이가 10센티미터로 만든 사람이 정색을 하고 '목졸이'라고 부를 정도였다. 그가 정식으로 인사했다.

"아이젠만틀 박사입니다. 투룽기아 클럽의 상급자 출신으로 지금은 O. F. 아이젠만틀 회사의 부장으로 있습니다. 위생용품, 병원 집기, 사기그릇, 자기, 유약, 수철을 취급합니다. 장관님, 방금 매춘여성들을 위한 양로원을 세울 계획이라는 말씀을 들었습니다. 혁명정부에서 가장 독창적인 개혁안인 것 같습니다. 그런 공공 복지기관의 경우 완전무결한

---

45 Wilhelm II, 1859~1941, 독일 황제 겸 프로이센 왕(재위 1888~1918). 양끝이 올라간 카이저수염으로 유명하다.

위생 설비에 이목이 집중되기 마련이지요. 저는 최신 편의시설이 갖춰진 수세식 화장실과 보카치오 선집 및 모파상과 유명한 사드 후작의 책이 소장된 독서실을 계획하고 있습니다. 당연히 그렇게 해야지요. 또 방마다 비데를 설치하려고 합니다. 자, 이렇게 머지않아 새로이 장미로 장식된 사기 제품을 시장에 내놓으려고 합니다. 다시 인구가 늘어날 것에 대비해 개발할 것으로 특허도 마쳤지요. 대야 바닥에는 따로 수도꼭지가 붙어있는데 거기서 온갖 병에 걸리지 않게 물을 위로 쏘아줍니다. 장관님, 만일 우리 회사에서 이 첨단 상품의 주문을 받음으로써 사회주의 혁명의 업적에 기여하게 해 주신다면, 그렇게 된다면 이익금의 15%를 제공할 것이며……."

바로 이 순간 핑켈슈타인 부인이 나타나 오데마의 손을 잡았다.

"꼭 당신의 별점을 쳐봐야겠어요. 나는 미신을 믿거든요. 내가 관심이 있는 사람은……."

아이젠만틀 박사가 들을 수 있는 것은 거기까지였다.

그러나 침머만 내각은 아직까지도 세상의 빛을 보지 못했다. 이론적으로는 예비 내각이 구성되어 있긴 하지만 다음 날 승리한 쪽은 반공산주의 혁명세력이었다. 그러고서 계속해서 이런저런 정치적 사건들이 일어났지만 상황은 아주 다르게 돌아가는 것 같았다.

아름다운 꿈이 날아갔다. 사실 오데마 뷜러로선 아주 잘 된 일이었다. 제우스의 머리에서 자란 팔라스 아테네처럼 오데마는 침머만의 머리에서 나왔는데 새로 들어온 동료들이 그 날 바로 그에 대해 조사를 시작해 큰 어려움 없이 보건부장관 후보의 과거가 결코 깨끗하지 않다는 것을 알아냈다. 이미 '깨끗한' 당원들은 격렬하게 옛 아르미니아 단원을 반대하는 캠페인을 대대석으로 벌이고 있어서 짐머만은 그에게서 손을 뗄 수밖에 없었다. 전날 저녁 모임에서 그를 부각시켰던 자하르 박사도 머리카락을 쥐어뜯으며 어찌할 바를 몰랐다.

그런데 잠시 운이 따르지 않는다고 불행이라 할 수는 없지 않은가.

혁명당원들이 오데마에게 등을 돌린 데는 나름대로 이유가 있었다.

하지만 바로 그 때문에 그는 노라의 호의를 얻었다. 흠잡을 데 없는 아리아인에다 명성이 자자한 젊은 영웅 아닌가. 그에게는 십자군 원정기의 몰락한 신비주의자 같은 회의와 함께 투른-탁시스 공자에게 입은 흉터와 날카로운 눈빛이 있었다. 바로 이 모든 것들이 노라의 마음을 사로잡았다. 좋지 않은 일이 일어났으니 견뎌야 할밖에. 이 영향력 있는 여자의 마음은 지금의 친구에서 오데마에게 옮겨갔다.

오데마가 저녁에 작별 인사를 할 때 그녀는 그의 집권으로 공화국에 좋은 일이 생길지 다시 한 번 별점을 보려 한다는 구실을 대며 토요일 티타임에 기다리겠다고 그의 귀에다 속삭였다. 여기서는 그녀가 공화국이었다.

토요일까지 사흘을 기다리며 노라는 힘든 시간을 보냈다. 너무 자주 오데마를 생각하지 않으려고 했지만 소용없었다. 또 자하르 박사까지 무턱대고 그에게 극심한 비난과 조소를 퍼부음으로써 노라는 금발의 지크프리트의 품속으로 밀려갔다. 그녀는 순전히 반발심에서 오데마를 옹호하였으며 그때마다 적절한 말로 대응하였다. 그녀는 혁명당원들의 소심함을 비판했다. 그리고 그들의 행동에 이어 신조까지도. 논쟁이 점점 뜨거워졌다. 마지막에는 노라의 분노가 자하르 박사에게 집중되었다. 그녀가 볼 때 그는 지금 그녀가 감싸주고 있는 오데마의 적들을 대표하는 인물이었던 것이다. 이윽고 두 사람 사이에 요란스럽게 돌이킬 수 없는 사건이 일어났다. 자하르 박사는 정신과 의사지만 심리적으로 섬세한 감각이 부족했고 그의 학문은 사랑처럼 절실한 감정에는 별로 소용이 없었으며 그의 이론적 주장은 사랑의 감정에 상대가 되지 못했다.

그날부터 노라는 자하르 박사에 대한 감정을 체계적으로 파괴하는 데 몰두했다. 그에 대해 비난거리가 많이 쌓이다보니 그가 지극히 평범하고 하찮게 느껴졌다. 이렇게 그녀는 그의 영향에서 벗어났다.

그러고 나서 노라와 오데마의 토요일 만남이 이루어졌다. 노라의 결심은 확고했다. 오데마가 방에 들어설 때 그녀는 환영을 보았으며 그 때문에 그녀는 머리끝에서 발끝까지 몸을 떨었다. 이 흡혈귀 도시의 신시가지에 시적인 정취를 주는 한 조촐한 베를린 공원에 있는 꿈이었다. 노라는 일곱 살로 수련으로 덮인 분수대 저수조 옆에서 굴렁쇠를 굴리며 놀고 있는데 갑자기 막대가 손에서 미끄러져 금붕어들이 있는 저수조 가운데로 빠져버렸다. 그녀가 마구 울기 시작했지만 행인들은 싱긋 웃기만 할 뿐 아무도 도와주러 오지 않았다. 이때 보모와 함께 산책을 하던 한 소년이 달려왔다. 그는 긴 바지에 푸른 테두리가 달린 흰 칼라가 있고 왼팔에 닻을 금실로 수놓은 멋진 마도로스 옷을 입고 있었다. 그는 저수조에서 낮아 보이는 곳으로 뛰어올라 막대기를 가지러 물속으로 들어갔다. 잠시 뒤 그는 눈물로 범벅이 된 어린 공주에게 꽃 없는 줄기 같은 막대를 건네주었다. 그러고서 모자를 쓰고 다시 보모에게 달려갔다. 다리에는 바지가 축축하게 달라 붙어있었다. 밝게 빛나는 금발에 맑게 푸른 빛이 도는 눈과 환한 이마를 가진 소년! 아리아의 젊은 영웅인 오데마의 모습이었다.

자하르 박사는 이 꿈에 대해 아무것도 몰랐다. 그렇지 않으면 노라가 어떤 상태에 있는지 알았을 것이다. 특히 꿈이 어린 마도로스가 막대기를 가지고 그녀에게 남성의 상징을 보여준 것인지도 모르는데 말이다.

노라는 순수하게 생각하고 이 환영을 운명의 암시로 받아들였다.

그가 그녀의 손에 입을 맞출 때 그녀가 말했다. "오데마, 정말 멋진 이름이군요. 오데마! 하지만 뮐러는 뭐지요? 모두들 이름이 둘이지만 왕자는 하나로 충분한데!"

"자, 그럼 왕비께서 마음에 드는 것을 고르시지요." 그가 예의를 갖춰 대답했다.

"수상은 모두 뮐러라 하고, 음악가는 모두 바그너, 시인은 모두 마이어라 해도 돼요. 그러나 당신은 영웅이 되어 유일무이한 이름으로 독일에 남길 바라요. 그냥 오데마라고 해요. 나는 아직도 뭔가 아쉬워하고 있어요. 독일의 실존 인물의 부족한 점을 채워줄 그 무엇을 말이에요. 당신은 왜 박사가 아니죠? 오늘날 박사학위가 없으면 어떤지 아세요? 그것이 없으면 소극적이고 고리타분한 대중이 될 수밖에 없어요. 박사학위가 있어야 억지로라도 성공하고 미심쩍어 하는 사람들도 의심을 거두지요. 박사라면 급사장이나 이발소 견습사원에게 지위가 있는 분을 시중드는 큰 영광을 베풀 수도 있지요. 혁명은 귀족 칭호를 폐지하려고 하지만 오히려 독일 민중에게서 큰 반발에 부딪힐 겁니다. 오늘날 박사학위도 없이 감히 공적생활에 나설 사람이 있겠어요? '내 사랑, 박사님' 하고 부를 수 없는데 당신을 좋아할 여자가 어디 있겠어요? 지크프리트[46]와 롤란트[47] 같은 영웅이 지금 다시 나타난다면 박사겠지요. 그밖에 황

·

---

46 독일의 중세 영웅 서사시 《니벨룽의 대서사시》의 주인공. 니벨룽족의 보물을 지키던 용을 죽임으로써 용맹을 떨친 진정한 영웅이지만 흉계에 의해 암살된다.

47 11세기 프랑스의 서사시 《롤랑의 노래(Chanson de Roland)》의 주인공. 카를 대제의 12용사 중 한 명.

태자도 박사예요. 당신의 이름을 빛내준 투른-탁시스 공자도 분명 박사일 거예요. 내 사랑 오데마, 당신을 사랑해요. 이것으로 당신을 박사로 명하겠어요!" 그러면서 그녀가 그의 팔에 와락 안겼다. 그녀는 그보다 훨씬 작아 그녀의 코가 그의 넥타이를 눌러댔고 그녀의 곱슬곱슬 헝클어진 머리는 거칠게 숨을 내쉬는 젊은 남자의 입을 어루만지고 있었다.

오데마는 한순간 놀랐다. 그러나 곧 자신이 중요한 역할을 해야 한다는 것을 알아차렸다. 그는 웃으면서 노라의 귀를 향해 몸을 굽혔다.

"멋진 말이에요, 사랑하는 노라. 이제 당신은 칭호 없이 아주 간단하게, 조용히 내 이름을 부르는 첫 여인이 될 거요."

그녀가 얼굴을 붉혔다. 그녀는 갑자기 단단한 벽에, 반신반인의 하얀 갑옷에, 짓눌려 숨이 막혀 끙끙대는 어린애가 된 기분이었다. 오데마가 그녀의 새하얀 팔, 사랑스러운 가슴을 무겁게 내리눌렀다. 그리고 사냥감을 움켜쥐기 전에 혼자 중얼거렸다.

"하우푸드만[48]과 슈드레제만[49]도 결국 유대 여자와 결혼했지."

---

48 Gerhart Hauptmann, 1862~1946, 독일의 극작가, 소설가. 1912년 노벨문학상을 수상했다.

49 Gustav Stresemann, 1878~1929, 독일의 정치가. 1926년 르카르노 조약 체결에 노력한 공로로 J. A. 체임벌린과 공동으로 노벨평화상을 수상했다.

 그날 저녁 핑켈슈타인 부인은 오데마와 함께 자하르 박사의 집을 나왔다. 가방 하나, 보석 몇 개 그리고 사진 몇 장만 챙겼다. 편지에서 그녀는 인생의 반려였던 사람에게 이제 처음으로 사랑을 하는 것 같다, 이제 더는 심리분석을 믿지 않아 그를 떠난다고 썼다. 그러나 지금은 깊이 따져보고 싶지 않아 말하지 않은 사연도 틀림없이 있었다.

 두 연인은 호텔 아들론의 최고급 스위트룸을 얻었다. 호텔 보이가 침대를 가리키며 "여기는 엘레오노라 두세[50]와 가브리엘레 단눈치오[51], 작센 및 토셀리의 공주, 마타 하리[52]와 호엔로에 왕자[53], 오일렌부르크 백

---

50 Eleonora Duse, 1858~1924, 이탈리아의 여배우.

51 Gabriele D'Annunzio, 1863~1938, 이탈리아의 문인.

52 Mata Hari. 네델란드 출신으로 본명은 Margaretha Geertruida Zelle이다. 1차 세계대전 중 독일과 프랑스를 위해 첩보활동을 하다가 프랑스에서 처형됐다.

53 1819~1901, 독일 바이에른 왕가 출생으로 알자스-로렌의 총독과 황제 독일제국의 재상을 역임.

작[54]과 빌헬름 2세 등 20세기의 유명한 연인들이 많이 자고 간 역사적인 장소입니다." 하고 설명했다.

노라가 숙박계를 작성하며 "우리 이름을 아세요?" 하고 말했다. "당신이 들고 있는 금색 장부에 추가해도 좋아요, 핑켈슈타인 부인과 오데마 박사에요."

밤에 그녀는 뵐숭 집안 영웅[55]의 팔에 안겨 꿈을 꾸었는데 독수리 한 마리가 그녀를 구름 속으로 데려가는 꿈이었다. 그녀가 아주 어렸을 때부터 알고 있던, 무섭고 멋지게 생긴 독일 독수리—우표, 세관 직인, 병사의 혁대 버클, 완전히 차려입은 중기병의 모자에 화려한 날개를 펼치고 있는 바로 그 독수리였으며 노라의 고수머리는 그 가슴 위에서 힘을 생생하게 느끼고 있었다. 아침에 먼저 침대에서 일어나 그녀는 튤[56]로 만든 파자마를 걸쳤다. 그 사이로 어슴푸레 그녀의 하얀 몸매가 드러났다.

"이제 우리의 사랑 문제를 차근차근 풀어가야겠어요. 아주 잘 알려진 신화 속의 신뿐 아니라 현대사의 영웅들 뒤에도 자본이 있어요. 혁명분자들이 정권을 잡아 당신에게 장관직을 주었어야 했는데도 바보같이 그렇게 못했어요. 설령 모든 자산이 압수되었다고 해도 아이젠만틀 회사의 이익 분배금은 받을 수 있었는데. 그러니 다시 구체제를 따라야겠어요. 내 귀여운 가니메데[57], 난 당신이 물질적으로 아무 걱정도 하지 않길 바라요. 참, 내가 독수리 꿈을 꾸었단 얘기는 했나요? 모른다고? 놀라지

---

54 Eulenberg, 12세기부터 기록에 등장하는 독일 귀족 집안.

55 북구 게르만 전승에서 이름을 떨친 영웅 지그문트와 지크프리트를 배출한 가문.

56 실크, 나일론 등을 망사처럼 짠 천.

57 그리스 신화에 나오는 미소년.

말아요! 도덕적으로 문제되는 것은 없으니까. 잘 알아서 할 거예요."

그녀는 수화기를 들었다. 오닉스[58]로 만든 것으로 귀처럼, 신의 귀처럼, 세계의 귀처럼 생겼다. 그녀가 번호를 댔다.

"여보세요, 당신, 핑켈슈타인이에요? 이봐요, 놀라운 소식이 있어요. 자하르 박사와 끝냈어요!" 그러자 포츠담 거리에 있는 부동산중개업자의 사무실이거나 아니면 먼 전화선 끝에서 수화기를 들고 있던 남자의 마음에서 뭔가 폭발한 것 같은, 엄청난 일이 일어났다. 수화기에서는 대답 대신 깊은 땅속에서 울리는 듯한 우렛소리가 났던 것이다.

"내 말 듣고 있어요?" 노라가 물었다. "알겠어요?"

그러자 다시 물에 빠져 죽어가는 듯한 신음소리가 전화선을 타고 왔다.

"여보, 몸이 떨려. 알겠어. 무슨 일이 있는 거야?"

"자하르 박사와 헤어졌어요!"

"오, 사랑스런 노라!"

"정신분석도 영영 그만 두었어!"

"정말 잘 했어!" 핑켈슈타인이 대답했다.

"또 당신을 즐겁게 해 줄 새 애인도 있어!"

"뭐?"

"애인! 당신이 두려워할 게 거의 없는 진짜 애인! 알겠어요?"

"알겠어!"

---

58 onyx. 유백색의 반투명한 부분과 다른 빛깔이 줄무늬를 이루는 마노(瑪瑙, 석영질의 보석). 8월의 탄생석이며, 손톱이나 줄무늬 사이를 뜻하는 라틴어 onyx에서 유래한 이름이다.

"그를 당신에게 소개하고 싶어요. 정말 뛰어난 젊은이에요. 당신도 매우 자랑스러워할 거예요. 오늘 낮에 찾아가도 되겠어요?"

핑켈슈타인은 막상 양해가 되지 않았지만 그냥 너그럽게 이해하고 싶어 했는데 먼저 그 까닭을 알아보자. 흔히 사람들은 오쟁이 진 사내들을 못난이로 보는데 잘못 알고 그러는 것이다. 결코 그렇지 않으며, 이들은 이 세상에 마지막 남은 외교관들이다. 속은 사람이 더 뛰어난 사기꾼인 경우를 많이 볼 수 있지 않던가. 남편이 눈을 감는 것은 세상을 많이 보았기 때문이다. 가슴에 치명적인 상처를 입은 현자는 영원한 것은 아무것도 요구하지 않는데, 하물며 절개 따위야.

핑켈슈타인 씨는 거울 속의 자신을 바라보았다. 그는 바로 이렇게 아내의 눈을 들여다보며 그녀를 자신에게 묶어두기 위해 그녀에게 자유를 주겠다고 중얼댔었다. 인내를 갖고 있으면 배신당한 남자들이 이기기 마련이다. 시간은 그들 편이다. 연인들은 늙어간다. 계약은 오래간다.

그런데 아내 노라가 한 남자가 아니라 정신분석에 빠져들어 그는 몹시 절망했다. 사태가 심각했으며 그는 강한 충격을 받았다. 일이 어떻게 될지 전혀 알 수 없었다. 그것으로 모자랐는지 이 하느님은 지상에, 그것도 베를린에, 대리인까지 보내셨다. 자하르 박사! 자하르를! 핑켈슈타인은 그를 오래 전부터, 그가 학교 다닐 적부터 알고 있었으며 거기서도 내내 경쟁 상대였다. 수세기 전부터 유대민족은 경생으로 둘로 갈라졌는데 이 오랜 경쟁관계가 그와 출세주의자 자하르 사이에서 다시 타올랐던 것이다. 핑켈슈타인은 동유럽 유대인이었고 자하르는 세파르디, 즉 스페인계 유대인으로 그 때문에 스스로 더 고상하고 고귀하다고 생각했다. 실제로도 그랬다. 두 사람을 비교하면 자하르 말이 사실임을 인정할 수밖에 없었다. 어릴 적에 학교 운동장에서 서로 죽기 살기로 싸우면 그리스도계인 독일 아이들은 마치 소형 경기장에 온 것처럼 이들을 에워싸고 둘 중 한 놈이 망가질 때마다 박수갈채를 보냈다. 핑켈슈타인의 집은 넝마장사로 부자가 되었다. 자하르는 유대교회당의 가난한 오르간 연주자의 아들이었다. 이들의 싸움은 나중에도 계속되었다. 지금 정신적인 지대에서 싸움이 벌어져 자하르가 우세를 보였다. 하지만 재산은 핑켈슈타인네가 더 많았다. 그는 우아한 옷을 입었으며 담배와 위스키를 나눠줄 수 있을 만큼 풍족했다. 학급에서는 거의가 그의 편이었기 때문에 그는 때때로 자하르에게 골탕을 먹일 수 있었다.

이 경쟁자들의 응어리진 삶은 끊임없이 계속되었다. 어느 날 도저히 참을 수 없는 일이 일어났다. 어느 자선 무도회장에서 자하르가 착한 노라를 번득이는 재치로 유혹하는 기회를 맞았던 것이다. 노라가 핑켈슈타인과 결혼한 지 두 해나 되었던 때였다.

핑켈슈타인은 이혼할 마음이 전혀 없었다. 그는 자하르에게서 아내를 도로 빼앗아 찾겠다고 다짐했다. 그는 위에서 말한 배신당한 남편에 대한 이론의 신봉자였다. 그런데 이런 판에 오데마가 끼어든 것이었다. 사랑을 둘러싼 체스 시합은 아직 끝이 아니었다.

다른 한편으로 핑켈슈타인이 냉큼 양해하지 못하고 주저하게 된 데는 다 일리가 있었다. 이제 겨우 2회전이었던 것이다. 더러운 운명은 새로 독일 청년 오데마를 심판으로 내세웠던 것이다. 노라라는 판돈이 핑켈슈타인에게 바로 가진 않겠는데…….

그는 응접실에서 노라와 오데마를 깍듯이 맞았다. 그는 기다림 때문에 조금 신경질이 났었다. 그러나 그 '젊은 남자', 그의 당당한 이마와 도도한 눈빛을 보자 노라에게 '그 희한한 놈'과 여섯 달만 재미를 보도록 했다. 그러고 나면 어쩔 수 없이 집으로 돌아오겠지.

아무튼 핑켈슈타인은 보호자 같은 좋은 아버지 노릇을 했다. 당시 베를린 관습에 비춰 볼 때 이로 인해 몹시 체면이 손상되는 것은 아니었다. 지난 세기의 엄격한 규율과는 달리 지금의 도덕은 기본적으로 자유의 원칙을 바탕으로 이루어졌기 때문이다. 결혼에도 자유를 내걸었으며 다른 어떤 사회보다도 지금 더 많은 자유가 보장된 것 같았다. 주의와 책임이 요구될 경우 처녀보다 결혼한 여인을 사모하는 사람이 세 배나 더 많았다. 한편 정부보다는 신부에게 투자하는 것이 훨씬 낫다는 것을 모르는 총각은 없었다. 여자에게서 어린애라는 배당금을 거두어들이는 것은 여전히 가능했다. 어린 여자애에게 아이를 배게 하는 한심한 짓거리는 즐거운 낭만주의에 젖어 있는 뻔뻔스러운 부르주아의 특권이었다.

그런 이야기가 우스꽝스러운 오페라의 소재가 되어왔다는 것을 수긍할 수밖에 없는데도 말이다.

마지막에 가서 자하르의 공세적인 귀환을 저지하려면 핑켈슈타인은 당분간 노라와 오데마의 관계를 강화하는 데에 집중해야 했다. 핑켈슈타인은 옛 친구의 패배를 실컷 즐길 셈이었다. 강렬한 고통뿐만 아니라 사회적으로도 몰락을 겪을 것이 틀림없었다. 전 베를린이 열망하는 핑켈슈타인 부인이 자하르의 집에 앉아 분위기를 조성하지 않으면 잘 되지 않기 때문이었다.

간단히 말해서, 어떤 형식이 되었든 이 행복한 연인들을 너그럽게 받아줘야만 했다. 이런 대가를 치러야만 복수를 확실하게 할 수 있었고 명예 회복의 길도 닦을 수 있었다. 담배 연기를 푹푹 내뿜으면서 부동산중개업자는 과거와 미래의 아내를 흘끗 바라보았는데 다음과 같은 뜻을 담고 있었다.

'이번에는 잘 골랐군! 내가 상상했던 바로 그대로야. 진짜 사내야! 이번 것, 그 돌팔이 자하르 다음에 바로 네게 필요한 선수가 왔어. 그 젊은이가 마음에 드는데. 호적수야. 자랑스러워할 만해. 내 명예를 높여주겠어! ……'

노라는 몹시 행복해 하며 흥분한 나머지 붉게 상기되었는데 그에게 눈을 깜박거리며 이렇게 말하려는 것 같았다.

'무엇보다 이 흉터를 봐요! 진짜로 투른-탁시스 공자에게서 입은 거라고요!'

불경기가 화제로 올랐다. 사업가에게는 불평거리는 널려있었다. 게다가 혁명으로 투기가 촉진되었다. 아이디어만 있으면 되었다.

"제국이 길거리에 있다!" 핑켈슈타인이 외치며 셰익스피어의 말을 다른 말로 바꿔쳤다. "아이디어 제국을!"

"오데마가 장관이었으면 아주 부자가 되었을 텐데. 벌써 비데 사업을 확보했지, 약삭빠르게. 오, 혁명 내각이 유지만 된다면 좋겠는데!"

노라가 탄식했다.

핑켈슈타인이 귀를 쫑긋 세웠다. 이 젊은이와 함께 정말 많은 돈을 벌게 될지도 몰랐다. 이런 이름에 이런 흉터가 있는 친구! 바로 이어 화제가 자질구레한 걱정에서 일반적인 것으로 넘어갔다. 그건 그렇고, 무엇을 하면 좋을까?

"독일은 가난합니다. 극도로 궁핍한 단계에 와있지요." 오데마가 말했다. "원자재도, 빵도, 신용도, 희망도 없죠. 장기적으로는 실질 가치를 기준으로 할 수 있는 일이 별로 없을 것 같습니다. 봉쇄 조처가 쇠집게처럼 죄고 있거든요. 하지만 인생은 계속됩니다. 독일은 4년 내내 전쟁을 치르면서 공공건물에 펄럭이는 국기를 바라보며 승리만을 먹고 사는 기적을 이루어냈습니다. 매주 요새가 함락되거나 유명한 장군이 체포되었다는 소식에 아랑곳하지 않고 말입니다. 당시 독일인들은 군대 빵과 독한 맥주로만 뱃속을 채워도 감격하고 만족했지요. 그들이 그렇게 견디게 하려면 계속 이런 수법을 쓸 수밖에 없을 겁니다. 기분을 부풀려주고 위경련을 잊게 해줄 새로운 이상을 찾아야 합니다. 그 맥을 찾으면 많은 돈을 벌 겁니다."

핑켈슈타인은 두 눈을 떴다. 눈이 외알 안경처럼 둥그레졌다.

오데마 박사는 여기에 자신의 장래가 걸려있다고 느꼈다. 이 사업가에게서 신임을 얻을 수 있다면, 지금 이렇게 큰 소리로 떠들어대는 자신의 아이디어 가운데 하나만 갖고 견고한 기반이 있음을 설득하면 상황이 유리해질 수 있었다. 자신은 현실정치를 한다고 뻐겨도 독일인에게는 누구나 형이상학자, 몽상가 기질이 있다. 조국애 때문이든, 인류 발전 또는 절대적 가치의 추구 때문이든 학교 선생, 군 장성, 이발사 할 것 없이 모두들 자기 일을 이상화해야 한다고 느낀다. 독일인의 사고는 근본적으로 사변적이다. 난폭한 병사든 탐욕스러운 상인이든 자신은 오직 이상을 따르고 있다고 생각한다. 그러나 이것은 식인종들의 신앙과 비교해 봐도 본질적으로 매우 순박한 자세이다. 이들은 자신의 신에게 복종하기 위해 이웃 사람을 먹어야 한다고 한다. 새로운 사상을 그럴싸한 철학이나 모호한 형이상학으로 포장해서 주면 독일인들은 모두 받아들인다. 독일인이 이룬 위대한 일 가운데는 순전히 현실적으로 계산된 의지보다는 과대망상으로 이루어진 것이 더러 있다. 세계적으로 유명한 거대한 건축물, 몇몇 다리들, 극장, 시청, 조각상과 기차역들을 보라. 더 인색하고 더 보수적이며 현실주의적인 민족이라면 지출비의 4분의 1만 가지고도 살 수 있을 텐데. 그러나 독일인은 항상 먼저 문화적으로 무슨 가치가 있느냐고 묻고 다음에 돈이 얼마가 드느냐고 물었다.

오데마 박사에게는 핑켈슈타인의 마음에 드는 미사여구를 사용하여 자신의 생각을 포장하는 능력이 있었다. 한 가지 아이디어를 내면 그것을 아주 멋지게 수놓을 말들을 찾아냈다. 문제의 아름다운 면을 부각하려고 근거를 모으면서 그 역시 그것을 믿게 되었고 그렇게 고정관념이 생겨났다. 그가 볼 때 현재 상황은 다음과 같았다.

전쟁에 패하고 혁명이 실패한 이후 이 나라는 너무나 어두워 서로를 알아볼 수 없는 칠흑 같은 심연에 빠졌다. 독일인들은 갑자기 풀밭에 풀린 짐마차의 말처럼 자신의 공화국이라는 것을 보고 재미있어하긴 했지만 기뻐하진 않았다. 그들에게서 눈가리개와 고삐가 없어졌지만 지금은 태양 때문에 눈이 부시고 바람 때문에 돌아버릴 지경이었다. 초원도 진짜가 아니었다. 싱싱한 풀과 귀여운 꽃들은 다 눈가림이었다.

그럼, 어디로 가볼까? 만일 누군가를 우상처럼 섬기지 않고서는 살 수 없다면 누구를 영웅처럼 받들지? 이제 식빵 쿠폰으로 만족할 수 없다면 무슨 신념에 홀리려나? 적어도 환각 음료에 취하고 싶어 할 것이다. 철학과 형이상학은 독일인이 수세기 전부터 관대한 마음으로 부양해온 눈부시게 아름다운 애인들이었다. 이제 자신의 매력으로 뭔가 이바지해야 될 때가 왔다! 야콥 뵈메와 쇼펜하우어[59]여, 일어나라! 무서운 한밤중에 그대들의 목소리를 내라. 우리에게 꿈과 별들이 환상적으로 연출하는 광경을 보여주어라!

오데마가 말을 계속했다.

"나는 장차 우리의 의식에 유래없는 위기가 찾아올 거라고 생각합니다. 사회적 불안과 경제불황으로 전 국민의 건전한 판단력이 충격을 받을 것입니다. 1000년에 있었던 열병이 나라에 퍼질 것입니다. 민중의 억눌린 자의식은 절망감과 엑스터시의 공격을 받을 것입니다. 기존의 가지는 모두 급락할 것입니다. 사람들은 그 대신 다른 것을 찾을 것이며 혼란 속에서 등불을 별이라고 생각할 것입니다. 벌써 소란스러워지는군

---

59 Arthur Schopenhauer, 1788~1860, 『의지와 표상으로서의 세계』로 널리 알려진 독일 관념론의 철학자.

요. 밤이면 수상쩍은 예언자들이 나타나 설교를 하지요. 슈펭글러[60]는 서구의 몰락을 예고하지요. 문인들은 예술의 죽음을 선고합니다. 아인슈타인의 판단은 모든 것에 상대성이 있음을 말해줍니다. 과거에 참이었던 것은 이제 거짓입니다. 옛 세상이 무너지고 있습니다!"

오데마가 예언을 쏟아냈다. 담배가 꺼져가고 있었지만 핑켈슈타인은 아무 말도 않고 내버려두었다. 노라는 애인의 입술에서 눈을 떼지 못했다. 그의 떫은 맛이 아직도 그녀의 입술에 남아있었다. 그녀의 가니메데가 밤에 세계 종말을 암시하는 비전을 사랑스러운 머리칼 밑에서 끄집어냈지만 그녀는 가만히 있었다. 오데마는 신이 나서 새로운 독일의 미래상을 설명했는데 무엇이 허구이고 무엇이 실제인지는 그 자신도 몰랐다.

그는 신문에서 바이에른 국경과 포메른 지역의 황야에 그리스도의 출현을 보도했다고 말했다. 에르츠산맥[61]에서는 마을사람들이 환시에서 바르바로사 황제[62]가 선두에 서서 군대를 거느리고 가는 모습을 보았고, 바덴에서는 한 염료공장 기술자가 현자의 돌[63]을 발견했으며, 브레슬라우에서는 한 화학자가 슐레지엔에서만 나는 점토로 금을 만들었다고 했다.

이렇게 사람들은 날마다 새로운 기적을 전해 듣는 데 익숙해졌다. 현

---

60 Oswald Manuel Arnold Gottfried Spengler, 1880~1936, 독일의 역사가, 문화철학자. 문명은 유기체로서 발생·성장·노쇠·사멸의 과정을 밟는다고 주장했다.

61 독일과 체코의 국경 지역.

62 프리드리히 1세, 1122~1190, 호엔슈타우펜 왕가 출신의 신성로마제국 황제(재위 1152~1190년). 붉은 수염 때문에 바르바로사(이탈리아어로 '붉은 수염'이란 뜻)로 불렸다.

63 philosopher's stone. 중세의 연금술사들이 비금속을 황금으로 바꿀 수 있다고 믿던 재료.

세의 고통은 다가올 불가사의한 대사건에 비하면 아무것도 아니었다. 그런 기적을 행한 새 예언자들의 가르침을 현장에서 확인하고 활용한다는 목적으로 도처에서 사이비 종파가 생겨났다. 작은 도시마다 사도들이 있었다. 과학과 철학도 한바탕 홍역을 치렀다. 정치 단체들이 끼어들었으며 심지어 과격한 노동조합조차 전 독일을 짓밟는 신비주의를 피해 갈 수 없었다.

미래에는 위대한 상상력을 지닌 사람이 독일을 차지할 터였다. 사람들은 무엇이든 기꺼이 믿었다. 형이상학은 경제 분야, 학문, 건축에까지 스며들어 세계관에 기초하여 일을 처리했다. 사업가는 진공 공간에 공장을 지었으며 정치인은 기적을 의결했다. 이제 불가능한 것은 없었다. 망상은 굶주린 자들이 날마다 먹는 만나[64]가 되었다. 걸리버의 나라처럼 거대한 것이 자연스러운 형태로 자리 잡았다. 세상을 있는 그대로 보는 것이 아니라 망원경을 통해 확대해서 또는 아주 작게 보았다. 그리하여 보는 이에게 사물을 취향에 따라 바꿀 수 있다는 착각을 심어주었다. 몽상가가 철학자 니체의 스타일로 계획을 제시하면 은행가들은 모두 믿었으며 아주 황당한 사업에도 자금을 대주었다. 만일 연합국이 허락했다면 선주들은 바로 북극에서 다이아몬드를 찾는 탐사대를 조직했을 것이다. 독일인들에게 미국산 밀, 스웨덴의 종이 또는 아프리카의 오렌지를 살 논은 없었지만 괴테 전당이나 순전히 유리로 에펠탑보다 높은 우애를 상징하는 민족의 탑을 세울 돈은 얼마든지 있었다. 특수 석회에서 인공 우유를 생산하는 공장을 세우거나 양피지로 제본하고 머리

---

64 이스라엘 민족이 광야에서 해맬 때 하늘에서 내려온 양식.

글자를 손으로 그린 볼테르 전집을 발간할 돈은 충분했다. 이런 전집은 프랑스에도 없었다.

식권 없이 빵을 받는 것이나 말할 때 형이상학적인 생각을 덧붙이지 않는 사업가를 만나는 것을 제외하고 독일에서는 무슨 일이든 가능했다.

자신의 말에 도취된 채 오데마는 거미가 끝없이 실을 뽑아내듯 보충할 말을 하나씩 늘어놓았다. 핑켈슈타인이 그사이를 못 참고 말했다.

"이보게, 난 자네 아이디어를 믿네!"

"좋습니다." 그러고서 오데마는 힐끗 노라를 바라보았다. 그녀는 몹시 자랑스러워하며 환한 표정을 지었다. "사업은 어떻습니까?"

"좋지 않네!" 핑켈슈타인은 여느 사업가들처럼 잘난 체하며 기계적으로 대답했다. 이제까지 훌륭한 사업가치고 사업이 잘 된다고 한 사람은 아무도 없었다. 그러나 이번만큼은 결코 거짓이 아니었다.

"그러세요." 오데마가 대꾸했다. "모든 가치가 뒤집어진 시대에 논리적인 것보다 더 위험한 것은 없지요. 옛날 사업방식을 버려야 합니다. 이제라도 내일이면 모든 유형 자산의 가치가 불안정해진다는 것을 아셔야 됩니다. 신을 찾아내려는 한 가지 목표, 한 가지 생각만을 지닌 사람들에게는 토지, 광산, 채석장, 양조장, 알루미늄과 석유가 손톱만 한 가치도 없지요. 주식시장에서 국채, 지방채, 토지담보대출기관의 저당 증권이 폭락하는 것을 보게 될 것입니다. 가장 안전한 채권이라도 시민 주택의 벽지로나 쓰일 텐데 그림이 멋지고 예쁘게 채색까지 된 것도 일부 있긴 하지요."

"그렇다면 당신 생각은 어떤 것이오?" 핑켈슈타인이 신음 소리를 냈다.

"인간의 어리석음을 이용하자는 겁니다. 우리 국민을 사로잡은 형이상학적 위기를 이익으로 전환하자는 거죠. 이상과 평범한 시민들을 뒤흔든 놀라운 황홀감을 자본화하는 것입니다. 증권거래소라는 사원(寺院)에는 어느 것이나 마찬가지예요. 얼마나 많은 아프리카 광산들이 오지 투자자의 믿음에 힘입어 존속했으며 투자자들에게 꿈에 그리던 수백만을 벌어다주었는지 보십시오! 자, 이래도 이 하늘이 내려준 아이디어를 백금 아이디어만큼밖에 안 된다고 보십니까?"

"브라보, 기발하군!" 핑켈슈타인이 뜬금없이 외치며 담배를 내던졌다. "노라, 당신이 독일을 구할 사람을 발견했어. 우리 모두를 자살에서 구해줄 거야. 오데마 박사, 자세한 의견서를 작성하시오. 당신이 구상한 회사 설립 계획을 내주시오. 당신에게 내 모든 재정 능력 그리고 은행계와 맺고 있는 연줄을 제공하겠소. 제안서가 완성되면 나를 다시 찾아오시오."

  명성이 자자한 아들론 호텔의 방에서 오데마는 꼼짝도 않고 밤새도록 새로운 단체 설립 계획을 작성했다. 새벽 두 시쯤 그는 노라를 깨웠다. 그녀는 한없이 기뻐하다가 나가떨어져 자고 있었다. 그는 정통적인 예언자에게 어울릴 법한 감동적인 어조로 그녀에게 알렸다.

  "대중친목협회를 설립했소!"

  참으로 기발한 이름이었다. 오데마는 철학적인 기대를 주춧돌 삼아 독일적인 정서에 호소할 수 있는 거대한 체계까지 대충 세워놓았다. 탁자 앞에 셔츠바람으로 앉아있는 그는 마치 평생토록 사업만 해온 사람 같았다. 어제는 데미우르고스[65], 그제는 영웅, 이런 그가 아주 가뿐하게 경제전문가로 탈바꿈한 것이다.

  독일에서 높이 평가받고 있는 정신적인 가치들을 상업적으로 이용하자는 것이 그의 생각이었다. 이들은 독일인들에게 호의를 받아 하루가

---

65 그리스어로 '제작자'라는 의미. 플라톤의 우주생성론에서의 창조신의 별칭.

다르게 가치가 상승하고 있다는 것이다. 또한 여러 종파의 세력 확장과 광고를 지원할 계획이며 이렇게 하지 않으면 현대사회에서 성공하지 못하기 때문이라고 했다.

여러 날에 걸쳐 오데마는 종교적 형이상학 운동과 신비주의 색채를 지닌 정치 활동을 꼼꼼히 살펴보았다. 이들은 잡초처럼 한적한 대도시의 변두리에서 쑥쑥 자라고 있었다. 그는 몇몇 단체의 황당한 관습과 실천사항들을 살펴보았는데 너무나 활동이 은밀해 접근하기가 쉽지 않았다. 아무리 생각해도 기술문명과 사상의 자유가 향상된 시대에 미신, 신비주의 그리고 연금술이 이렇게 널리 퍼질 수 있다는 사실이 믿어지지 않았다. 틀림없이 형이하학적인 데서 비롯된 것으로 이것은 패전국민들이 육체적 정신적 파산이라는 큰 고통에서 벗어나려는 절망적인 몸부림이었던 것이다.

정자 오데마는 이런저런 종파들의 망상을 심각하게 여기지 않았다. 이들이 신을 찾는 방법이라고 내놓은 것도 옛날 교리들을 교묘하게 배합한 것에 불과했다. 불교식으로 쌀 한 줌, 그리스도교식으로 성수 세 스푼, 무슬림식으로 장미기름, 유대교식으로 마늘 한 쪽, 거기에 극소량의 백금을 넣어 케이크를 만들었는데 시비를 일삼는 신문기사에 싸서 먹는 배급 빵보다도 맛이 달콤했다.

대친회라고도 부르는, 자본금이 일억 마르크인 *대중친목협회*는 본사를 베를린에 두었으며 여러 이상과 잡다한 신화들을 총괄하는 데 목적이 있었다. 일반 금융계에서 하는 것처럼 지주회사를 그대로 본뜬 것이었다. 자본가들은 종파 곳곳에 소리 없이 자금을 출자했으며 종파마다 지분만큼 회사에 영향을 행사할 수 있는 권한이 정해졌다.

오데마는 헤겔식으로 작성한 의견서에 주식청약신청서를 첨부해 큰 신문사에 광고를 낼 계획이었다. 첫 구절은 매우 재치 있는 문장으로 시작되었다.

"예수 그리스도가 하느님의 나라를 재건하기 위해 오늘 이 땅에 재림한다면 거대한 컨소시엄에서 자금을 지원받아야 할 것입니다. 이렇게 해야만 현대적인 광고방법의 요구사항을 충족시킬 수 있으며 현대적인 광고방법을 이용하지 않고서는 앞으로 어떤 생산품이나 이념도 세계를 정복하지 못할 것입니다. 오늘, 우리 모두는 예수께서 현대적인 관습과 기술이 조화된 이론을 갖춰 현대적인 모습으로 나타나기를 기대하고 있습니다. 헤로데[66]의 시대처럼 많은 종파에서 그의 도래를 알리고 있습니다. 절망에 빠져 새로운 신을 찾는 사람들은 이제 일제히 그 신을 찾는 일에 협력하여 그의 계시가 쉽게 이루어지도록 해야 할 것입니다. 첨부된 *대친회* 청약서에 서명……."

오데마는 핑켈슈타인에게 자본조달계획도 전달했다. 계획서는 그날 그대로 발표해도 될 만큼 다듬어져 있었다. 핑켈슈타인 나름대로 은행과 사업상 아는 사람들에게 알아볼 만큼 알아본 결과 그곳에서 이상주의와 신비주의 징후를 느꼈다. 그는 열렬히 오데마를 맞아들이며 아내의 정부에게 축하의 말을 건넸다. 그리고 모든 지원을 아끼지 않겠다고 약속했다. 얼마 되지 않아 시장에 채권이 쏟아졌다.

이제 핑켈슈타인은 *대친회*를 위해 설립자에게 척척 두둑한 보수를 주

---

66 Herod. 고대 그리스어, 라틴어로 헤로데스이다. 유대의 통치자로 신약성서에 등장하며, 기독교 미술에 자주 나타난다.

었다. 이사장으로서 오데마는 베를린에서 부러워할 사회적 지위를 얻게 될 것이다. 핑켈슈타인은 *대친회* 본사를 가능한 한 호화롭게 꾸밀 작정이었다. 그래서 그는 자신의 소유인 쿠어퓌어스텐담의 건물 가운데 한 채에서 1층을 오데마와 노라에게 내주었다.

베를린 제일의 번화가인 쿠어퓌어스텐담에는 잘 다듬어진 인도와 두 전차 노선 외에 말 타는 사람과 자전거 타는 사람이 이용하는 길이 따로 나있었다. 쿠어퓌어스텐담을 둘러싼 건물들은 세계대전 전의 관대하고 위풍당당한 모습을 보였으며 수도에 걸맞게 온갖 호사를 다 부릴 수 있도록 넓고 시원스러웠다. 베를린은 다행히 광활한 프로이센 평야에 걸쳐있어 지면을 가지고 인색할 필요가 없었다.

오데마 박사의 멋진 집은 방이 열두 개였으며 이들은 장미꽃 무늬 모양으로 지름이 20미터인 홀을 에워싸고 있었다. *대친회*의 실질적 상징적 중심은 그곳으로 정해졌다. 노라는 그 용노에 맞게 사람들이 건물을 보고 깊은 인상을 받게 하려고 정성을 쏟았다. 그곳에서 자하르의 모임을 능가하는 환영파티를 여는 기쁨을 누리고 싶었던 것이다. 그녀는 표현주의식으로 대담무쌍하게 꾸며 선보였다. 최근 잡지에서 끊임없이 주장한 이론을 처음으로 구체화한 것이었다. 그 이론이라는 것도 *대친회*의 사업설명서처럼 당시의 허무맹랑한 철학에 바탕을 둔 것으로 기존의 건축원리를 파기한 것이었다.

그곳에는 새로운 시대의 불안이 서려있었다. 이 건축가는 대칭의 교란에 관심을 쏟은 것 같았다. 그는 거울처럼 아래에 있는 사물들을 조용히 비춰주었던 깔끔하고 둥근 모양의 매끄러운 천장 겉면부터 없애버렸다.

이제 멀리서 보고만 있던 목격자도 지상의 춤에 참가하게 되었다. 석고 부조, 원, 반원, 끝없이 비틀며 올라가는 나선과 곡선 덕분에 하늘이 걷히고 완전한 카오스로 변한 느낌이었다. 한쪽에는 종유석이 매달려 있어 동굴 천정을 형성했다. 벽은 여러 재료로 만들었지만 모두가 반짝반짝 빛이 났다. 흰색 철과 구리 나선 그리고 유리 기둥으로 된 천정 아치, 은박지를 입힌 연회석과 칸막이들로 이 거대한 홀은 미로로 변했다.

가구 또한 이에 맞춰 기이한 스타일로 설계된 것이었다. 장식장 제작자는 가장 단순한 모형, 즉 표준형이 수세기 동안 사용되면서 그런 적이 없다는 듯이 실용적인 용도에 맞게 아주 단순한 모형을 만들었다고 자랑했을 것이다. 의자는 다리가 셋이었는데 더 편히 앉을 수 있도록 한 것인지 앞이 조금 낮았다. 누가 멋모르고 여기 앉아보려 했다면 썰매에 앉았을 때보다 더 불안하게 느꼈을 것이다. 등받이는 삼각형으로 대칭이 이루어졌지만 앉은 사람의 등을 받치지는 못했다. 안락의자는 오직 윤곽선 때문에 여기 있었다. 니켈을 입힌 쇠막대에 천을 덮어 전통적인 모양을 흉내 냈지만 쉴 만한 자리는 별로 없었다. 이 의자들은 사람들이 앉아 편히 쉬게 하는 것보다 이리저리 쉽게 맞춰 배치할 수 있음을 보여줌으로써 훌륭한 공헌을 한 셈이다. 소파는 벽에 붙어 있었다. 하얀 대리석이 뼈대를 이루었으며 앉는 자리에는 오색찬란한 무지갯빛 방석이 잔뜩 놓여있었다. 소파는 레일에 설치되어 있어 저절로 굴러갔다. 일종의 모형침대차로 그것을 타면 그리스 키티라 섬으로 여행하는 느낌이 들었다.

홀 한가운데에는 철근 콘크리트로 된 그랜드 피아노가 있었다.

유일한 예술품으로 러시아 조작가가 끌로 만들어낸 입상이 있었는데 지금 형성중인 대다수 종파들이 동경하는 존재, 즉 남-여-신 일체를 표현한 것이었다. 다시 말해 모든 애욕, 불안과 희망의 정화된 진테제(Synthese), 삼위일체이며 동시에 유일한 피조물인 우리들을…… 머리는 쇠갈고리, 두 구멍은 가슴, 나선은 팔다리였는데 모든 사람들이 보는 앞에서 숭배 받을 존재는 인간의 모습이 아니며 지극히 현세적인 물질 및 지극히 순수한 정신의 화신이라는 뜻이었다.

홀의 조명도 매우 독창적이었다. 백화점의 진열창처럼 물빛과 핑크빛 조명 광고들이 앞쪽 합각머리 장식과 고풍스러운 프리즈[67]를 대신했다. 편안한 조명과 아울러 환한 글자로 기독교 복음과 우파니샤드[68], 코란, 카를 마르크스, 다윈 그리고 프로이트의 금언들을 알렸다.

---

67 건물의 윗부분에 그림이나 조각으로 띠 모양의 장식을 한 것.
68 Upanisad. 고대 인도의 철학서.

설비가 끝나자 오데마와 노라는 성대한 개관행사를 열었다.

초대장은 무언중에 그들의 관계를 공개적으로 알리는 구실도 했다.

중앙 홀은 독일 전역에 퍼져있는 모든 종파와 비밀결사 및 비밀단체, 최고의 성소, 즉 메카가 되어야 했다. 그러나 이들이 순수하게 종교적일 필요는 없었다. 대친회 사업을 위해 오데마는 어떤 이념을 추구하든 상관없이 모든 단체에 참가를 허용했다. 그는 독일인의 단점을 잘 알았다. 이들은 무리 속에 있을 때와 금문자로 수놓은 비단 깃발 아래 모일 때면 즐거워했다. 이들은 — 작가들은 예외지만 — 고독과 개성을 싫어했다. 여기서는 가족 의식조차 집단의식에 밀려났다. 회원은 개인으로 활동할 때보다 책임을 적게 지기 마련이다. 독일인들에게는 자주성이 부족하기 때문에 명령을 내려 움직이게 해야만 한다. 이들은 명령이라면 맹목적으로 따른다.

오데마가 작성한 정관에 따라 비밀종파와 소규모 단체들은 대친회 주식을 최소 25주만 등록하면 자동으로 대친회 회원이 되었다. 들어올

Beckmann, Doppelbildnis Karneval, 1925

때 25주를 사고 받은 쿠폰을 내보인 단체 회원들은 대규모 저녁 리셉션에 초대되었다. 이 집의 안주인으로서 노라는 친절한 웃음으로 손님들을 맞으며 쿠폰을 확인했다.

이 모든 사람들이 그녀를 거쳐 갔다. 다름슈타트의 지혜학교[69], 춤추는 술집 없애기를 목표로 삼은 뉘른베르크 소녀단 위원회, 구세군 대표, 적십자 설립자의 후손인 헬무트 폰 로젠크로이츠, 모스크바에서 파견한 제3인터내셔널[70] 대표 두 명, 몰타에서 온 기사 두 명, 우지[71]에서 온 랍비, 그리스도의 초상을 담은 우표 도안을 제국의회에서 위탁받을 의도로 설립된 우표수집단체 대표단, 전직 바그너 오페라 여가수협회의 회원 서너 명, 참전용사회의 기수 227명, 마그데부르크의 자선마술사들, 범신론자들 서너 명, 보르프스베데[72]에서 온 화가들, 환상적인 새 대학의 총장, 한 쌍의 나체주의자, 한 쌍의 동성애자, 말 보호연맹의 사무국장, 잡지《에로스의 친구들》의 편집장, 악마의 자식들이라고도 부르는 베를린 서부 그루네발트 지역의 악마숭배자 대표, 슐레스비히-홀슈타인 주[州]의 무정부주의자연합 회원 두 명, 담배공장 사장으로 인지학 후원자인 마닐로, 아이가 열세 명인 시온주의자 가족, 왕실 비밀의 책임자와 청동뱀과 별의 사제인 신 영지주의자[73], 오스나브뤽 체스 클럽 대

---

69 러시아 귀족 출신으로 러시아혁명 이후 독일로 이주한 철학자 헤르만 카이젤링이 다름슈타트에 설립한 학교.

70 공산주의 인터내셔널(Kommunistische Internationale). 코민테른(Komintern)이라고 한다. 1919년 3월 6일 모스크바에서 레닌의 제창 하에 창설됐다.

71 Lodz. 폴란드 중부에 위치한 도시.

72 독일 북부의 소도시.

73 靈智主義. 2세기 그리스·로마 세계에서 두드러졌던 철학적·종교적 운동으로, 혼합주의

Max Beckmann, Nackttanz, 1922

표단, 두건을 쓴 신성비밀재판소의 새 의장, 1915년의 행동주의자 몇 명, 1918년의 반행동주의자들, 1920년의 초행동주의자, 새 남편 찾는 것을 서로 돕기 위해 매주 토요일 저녁에 만나는 안데르나흐의 미망인연합, 나폴레옹이 환생한 것 같은 미용사, 관속에서 나와 젊은 여성의 새 유행으로 중머리를 선전하고 있는 카르멜 수녀, 티롤 제일의 샤모아 사냥꾼 단체, 프랑크푸르트 신지학자 센터, 슈판다우 정신병원 부원장, 그리고 마지막으로 세 명의 예수 그리스도. 이들은 모두 눈이 반짝반짝 빛났는데 한 사람은 아름다운 금발에 고수머리이고 그 옆 사람은 대머리이며 셋째 사람은 머리에 포마드를 발라 붙였다. 이들은 모두 따로따로 왔지만 지금은 각각 초조하게 경쟁자의 얼굴에서 가면을 벗겨낼 순간을 기다리고 있었다.

이 모든 사람들을 위해 숙소를 마련해 주는 일은 오데마로서도 보통 일이 아니었다.

'바인트라웁 싱커페이터 재즈단[74]'이 연주하는 바흐의 푸가 공연과 함께 축제 행사가 시작되었다. 그리고 이어서 유명한 무용가 마리 비그만이 이 행사를 위해 창작한 〈성스러운 춤〉을 추며 옷을 벗었다.

손님 대부분이 독일에서도 가장 황량한 지역에서 굶으면서 걸어왔기 때문에 이들은 곧 테이블로 안내되었다. 식탁은 큰 홀처럼 둥근 모양이었다. 미사복 차림의 성가대 소년들이 음식을 올렸다. 음식 명단에는 루터 식의 미사여구가 사용되었다.

적 종교 운동 중 하나.

74 독일 재즈 음악가 슈테판 바인트라웁이 만든 5인조 악단.

메뉴

성체. 부활절 달걀. 올리브 산의 올리브 열매.

요나의 고래

오르페우스와 사자 고기

엘리아의 독수리 프리카세[75]

트뤼플 버섯으로 양념한 카피톨[76]-거위

성스러운 비둘기의 둥지

염소 뒷다리고기 악마숭배의식

만드라고라 샐러드

이브의 사과

데메테르[77] 무화과

누룩을 넣지 않은 빵

세 동방박사 케이크

만나

---

75 잘게 다진 고기와 야채를 넣은 요리. 찰스 램이 엘리아란 필명으로 발표한 《엘리아의 수필》과 연관해 만든 명칭.

76 Kapitol. 로마 7언덕 가운데 하나.

77 그리스 신화에 나오는 농업의 신.

포도주

가나[78] 포도주

라크리마 크리스티[79]

이집트 무덤에서 나온 오래된 포도주

모세의 샘

요르단 강

루르드의 물

노아의 홍수

보단[80] 주조장의 꿀술

델피 신전 경기장의 샴페인

홍해의 리큐어

암브로시아 엑스트라 드라이[81] 혼합주 기원전 37년

이 거룩한 음식과 포도주에 도취되었는지 손님들은 식사 시간 내내 경건한 자세를 유지했다. 누가 언제 계속 말을 걸어올지 모르니 당연히 그에 대비해야 했다. 예언자, 선구자, 회장, 기사, 그리스도, 반 그리스도,

---

78 물로 포도주로 만든 예수의 첫 기적이 행해진 곳.

79 이탈리아어로 '그리스도의 눈물'이란 뜻. 포도주의 일종.

80 게르만 최고의 신. 오딘이라고도 한다.

81 암브로시아는 그리스 신들의 음식을, 엑스트라 드라이는 샴페인 단맛의 한 단계를 일컫는 말.

마법사, 대중매체는 모두 하나같이 이런 모임에서 단 하나뿐인 최후의 진리를 설파하고 진리의 파수꾼 행세를 하려는 야심을 품고 있었다. 스스로 총애를 받은 존재라고 여겼던 것이다. 대표마다 새로운 신앙과 명상, 선행 그리고 만인을 위한 만인의 사랑에 딱 맞는 교리서를 내세웠으며 자신만이 새로운 신앙의 신비를 알고 있다고 주장했다. 이런 상황이 되지 않도록 오테마는 이미 디저트 전에 관현악단에 〈아베 마리아〉를 탱고 리듬으로 연주하도록 지시했다. 이어서 몇 분 뒤 테이블을 주도하던 노라가 자리에서 일어나 몸짓으로 저녁 공식 행사가 끝났음을 알렸다.

그러자 곧 사람들이 끼리끼리 모였다. 자신에게는 눈길 한번 주지 않고 "삶의 현장에서 멀리 떨어져" 격렬하게 투쟁해온 여러 종파의 대표들은 기다렸다는 듯이 서로 만나 전날 신문과 팸플릿, 비방문서와 소송에서 요란하게 논의되었던 문제들을 화제로 삼았다. 모두들 이상을 논했으며 자유와 신에 대해 말했다. 그러면서 사람들에게 자신이 찾아낸 결론을 강요할 생각만 했다. 이런 종파나 단체의 우두머리들은 완전히 세뇌된, 소수 추종자들에게서 숭배와 공경을 받는 데 익숙했다. 그런데 여기서 같은 무리들 사이에서 반대에 부딪히자 괘씸하다는 느낌이 들었다. 곧 이들 가운데 누구도 자신의 마음속에서 공명심과 오만의 악덕을 지우지 못했다는 점이 드러났다. 일반 교회의 대표들에 비하면 이들 평신도들은 모두 광적이었으며 일반 교회의 대표들의 자리를 차지하고 싶어 했다.

이런 야단법석을 보며 오테마는 웃음을 참을 수 없었다. 뉘른베르크 소녀단과 영지주의자들은 사람들에게 똑같은 말로써 자신들의 행복 개념을 설파했다. 동성애부부나 안데르나흐 미망인들은 사랑을 찬미했다. 우표수집가들과 폴란드 우지는 신에 대한 지식을 찾았다. 저녁에 똑같이 하얀 토가[82]를 걸친 두 그리스도가 구석에서 권투 시합을 하며 분위기가 더 심각해졌다. 에어랑엔 참전용사회 소속의 한 중대장이 심판을 보았다. 장미십자회 대표들은 인지학자들을 재정적으로 지원하고 그들과 관계를 끊지 않는다고 마닐로 담배공장 사장을 신랄하게 비난했다. 전직 바그너 오페라 여가수는 카르멜 수녀가 나폴레옹이 환생한 것처럼 생긴 미용사에게 추파를 보냈다며 그녀에게 질투를 보였는데 그에게 은근히 눈길을 보낸 것은 여가수 자신이었다. 이윽고 소란이 절정에 이르렀을 때 한 구석에서 악마숭배자들이 새벽 두 시, 기도시간을 맞아 옷을 벗고 채찍을 맞을 준비를 했다. 채찍을 가져왔는데 끝이 공작 깃으로 장식되어 있었다.

이때부터 성스러워야 할 밤이 광란의 축제로 변했다. 멀리 떨어진 구석에서 오데마는 흐뭇하게 웃고만 있었다. 자, 이대로라면 그의 사업은 나무랄 데 없이 성공을 거듭할 것이었다. 비록 그가 주식 청약서를 이상적인 구호로 장식했지만 결코 진심으로 그런 것은 아니었다. 그는 핑켈슈타인의 감명을 자아내기 위해 또는 자신의 아이디어였기 때문에 말도 안 되는 사업을 실현시킨 것이 아니었다. 그의 목표는 베를린에서 명성을 얻는 것이었다. 그는 제대로 방향을 잡은 느낌이 들었다.

이런 생각을 하고 있는데 누가 손으로 힘차게 그의 어깨를 두드렸다.

"날 못 알아보진 않겠지?"

긴 금발 고수머리를 지닌 세 번째 그리스도였다. 그는 신적인 본능으

---

82 고대 로마의 시민이 입던 헐렁한 겉옷.

로 두 경쟁자들의 권투를 멀리서 지켜보며 조용히 우월감을 과시했다.
오데마가 한 걸음 물러서서 그의 눈을 똑바로 보다가 외쳤다.

"아니, 이럴 수가! 빌헬름 반더 아닌가?"

"그럼 누구겠나! 결코 환생이 아니네!"

"어디 있었는가?" 하고 집주인이 물었다.

"자네 경품 봉지 속에! 여기서 자네만 재미있게 보내는 것 같군!"

"그런 자네는?" 오데마가 웃으며 대꾸했다.

"아주 중요하니 진지하게 듣게! 난 진정한 그리스도네. 본에서는 내가 누구인지 몰랐네. 하지만 이미 은혜를 받고 있었어. 화창한 어느 날 나는 트리에스테 고원지대[83]에서 돌아왔는데 끔찍한 폭격을 겪어 무감각해져 있었어. 그런데 티롤에서 한 시골아낙네가 나를 알아보더군. 내 얼굴에는 수염이 더부룩했지. 노파는 15년 전부터 다리가 마비되어 있었는데 나를 보자 성호를 긋고 무릎을 꿇더군. 나는 그녀를 대하면서 내가 누군지 깨달았지. 나는 온유와 사랑으로 가득 차 있었어. 나는 그 자리에서 무기를 버리고 산으로 올라갔어. 관청에서 나를 붙잡으려 했지만 내가 사람들에게 영향력이 있는지 알고서는 그러지 못했어. 내가 미친 사람이라고 하며 나를 달아나게 하더군. 이 세상에 미치광이 소리를 듣지 않은 신이 있었던가? 이제 두 번째 증거를 들겠네! 나는 오스트리아 곳곳을 헤매고 다녔네. 뵈멘과 작센까지. 어디서나 나를 하느님으로 알아보더군. 나는 독일에 복음과 구원을 가져다주고 있네. 왜 눈을 깜박거리는가? 세 번째 증거. 전지전능한 예수가 한 번만 부활해야 한단

---

83 Trieste. 이탈리아 동북부의 항구 도시.

말인가? 세 번 해도 되지 않아? 백 년에 한 번은? 아니면 날마다 십자가에 새로 매달리시는데 날마다 오시면 되잖아? 시대는 변하지 않았어. 내게 가장 가까운 사람들이 나를 가장 인정하지 않고 십자가에 매달더군. 교회, 교황, 형제들…… 내 추종자들은 내가 말한 사랑의 법칙을 잘못 해석하더군. 나도 아주 처음부터 다시 시작해야겠어. 자부심과 권력의식은 내려놓으세. 나는 자애로운 마음으로 고난과 굴욕에 찌든 이 땅, 골병이 들고 위신이 추락한 독일에 인류를 구원할 위대한 사상을 베풀고 있지. 원시 기독교, 인간적인 공산주의, 사회적 사랑을 말이네. 일로 손에 굳은살이 박일 때 거기에서 비로소 새로운 마음이 장미처럼 피어날 것이네. 나는 사랑이 지배하는 독제체제를 선포하는 바이네!"

오데마 박사는 그의 말을 들으며 입을 다물지 못했다. 반더가 깜박이는 별빛 아래 라인 강을 따라 걸었던 일, 그를 어리석고 허망한 삶에서 벗어나게 해준 일을 생각하자 존경심이 일었다. 그의 빛나는 눈, 황홀한 언어. 그래, 그는 참으로 위대한 꿈의 순례자였다. 반더는 거짓을 말하는 사람이 아니었다. 오데마가 그의 손에 키스했다.

이 순간 노라가 왔다. 매력적인 웃음을 띠고 있었다.

"당신도 라크리마 크리스티를 너무 많이 마셨군요?"

"내 옛날 친구 반더를 소개하겠소. 진정 다시 부활한 예수요."

노라는 오늘 밤 그런 사람들을 몇 명 보았다. 그녀는 예수의 제자니 구원자니 하는 사람들을 많이 보아 조금 지쳐있었다.

"손님들이 다 갔어요. 지금이 아침 여덟 시일 거예요. 곧 청소부들이 올 거예요. 예수님, 지팡이를 잊지 마세요. 옷 보관소에 남아있는 신의 상징물 중 마지막 거예요. 아마 당신 것 같군요."

노라는 그 자가 재빨리 사라지지 않아 조바심이 났다. 오데마에게 안겨 정다운 시간을 보낸 지도 여러 날이 지나 괴로웠다. 그가 젊을 때의 친구와 이렇게 다정하게 서 있는 것을 보자 질투가 날 정도였다.

반더는 헤어지면서 찾아오라는 뜻으로 주소가 적인 명함을 오데마의 주머니에 살짝 넣어주었다.

쿠어퓌어스텐담의 개관행사는 베를린에서 큰 관심을 받았다. 손님들 가운데는 기자들도 있었으며 이들의 선정적인 인터뷰는 이 매력적인 건물에 대한 세간의 호기심을 부추겼다. 당시 베를린에서는 도착(倒錯) 행위가 한창 유행이었다. 도덕적 허무주의와 물질적인 빈곤도 절정에 이르렀다. 아주 예민한 사람들은 여기서 벗어나려고 환상과 방탕이라는 숲그늘로 달아났다. 소돔과 고모라가 베를린에서 다시 부활했다. 사람들은 드러내놓고 마약에 손을 댔고 신비스러운 마법을 퍼뜨렸으며 형법 제175조에 금지되어 있음에도 게이나 레즈비언임을 숨기지 않았다. 독일에서는 모든 것에 원인과 작용, 분류와 근거가 있어야 하기 때문에 그것을 자유, 열정적인 삶, 형언할 수 없는 황홀감 또는 무아경이라고 불렀다.

노라가 환한 표정을 지었다. 그녀의 '사교모임'은 곧 자하르 박사의 것보다 훨씬 큰 명성을 얻었다. 모두들 손님으로 그곳에 한번 오고 싶어했다. 장관, 시인, 변호사들이 들락거렸다. 이들은 필요하면 신지학자(神

智學者)나 공산주의자 행세도 했다. 핑켈슈타인 부인은 리셉션을 일주일에 세 번 베풀었지만 이제는 날마다 열었다. 한 신문에서 표현주의로 장식된 홀을 '행복의 대목장'이라고 불렀으며 베를린의 시선이 온통 그곳에 꽂혀 있었다. 모든 종파의 대표들은 신자를 끌어들이기 위해 그곳에 상주했다. 모든 신의 성소와 광고부가 그곳에 생겼다. 정당들은 그곳에서 미래의 정부가 생겨날 수도 있음을 예감했다.

이렇게 일관성이 없고 혼란스러운 모임은 불행히도 탈선하기 마련이었다. '자유'라는 단어는 다이너마이트보다 폭발력이 강한 폭약이었다. '대중친목'이란 표현도 의미가 곧 위험할 정도로 확대되었다. 어떤 형태의 강요든 폐지되어야 했으며 현자들도 설교를 통해 모든 억압을 반대했다. 그 결과 관대한 신들이 지켜보는 가운데 당연히 광란의 향연이 벌어졌다. 자정이 지나자 대중친목회 사원에서는 모두가 서로 너나들이했다. 여자들은 미리 육욕의 싹을 자르려고 옷을 벗었다. 그들은 결국 감추거나 은폐하는 것이 성적인 장애에 책임이 있으며 아담과 이브가 느꼈듯이 완전히 벌거숭이가 됨으로써 순수하고 정직한 상태로 바뀔 수 있다고 주장했다. 침대차는 쌍을 이룬 사람들을 싣고 키티라 섬으로 오가기를 반복했다. 맘페 리큐어[84]와 뭄 샴페인[85]이 끝없이 나왔다. 밀교(密敎)의 간부인 두 회사 사장이 기부한 것이었다. 순수하게 사업적인 관점에서도 이 두 사업가는 오데마의 사업에 직접적인 관심이 있어서 후원한 것이었다.

---

84 1831년 칼 맘페(Carl Mampe)가 처음 제조한 약초술.
85 1827년 뭄(Mumm) 형제들이 세운 샴페인 회사의 상품.

도덕적으로 께름칙하게 생각한 사람도 더러 있었는데 이들은 예술을 핑계 삼아 방탕한 춤을 받아들였다. 그들은 이 춤을 종교 의식에 끼워 넣을 생각이었다. 이런 관습은 이집트와 그리스같이 고도로 문화가 발달했던 민족에서 볼 수 있었고 오늘날에는 흑인들에게 남아있었다. 이들을 보면 모든 예술 장르 가운데 춤이 가장 멋있고 신성하다는 생각이 들었다. 춤은 인간의 몸에 영혼이 함께 한다는 점을 어떤 설교나 논증보다 더 확실하게 보여주었다. '춤추기'와 '황홀한 삶'은 낡고 진부한 애국 명령 "조국을 위해 죽어라!"를 대신한 독일인들의 새로운 슬로건이었다. 그러나 어떤 구호든 의심스러운 데서 나온 것일수록 의미심장한 것이다.

전 같으면 가수나 간호사가 되는 꿈을 꾸었을 양가집 처녀들이 이제는 무용을 업으로 삼아 그런 예배의식을 수행하는 여사제가 되려고 했다. 사람마다 황홀한 춤, 용맹스러운 춤, 철학적인 춤같이 새로운 형식을 생각해냈다. 팔만 움직이라고 가르치는가 하면 얼굴 표정 놀이를 강조하는 것도 있었고 무아지경에서 온몸을 흔드는 춤도 있었다. 그러나 발이 제대로 맞는 춤은 없었다.

이 시민계급 출신의 이피게니에[86]들은 자신을 희생할 자세가 되어있었기 때문에 *대중친목회 사원*에서 큰 성공을 거두었다.

---

86 그리스 신화에서 트로이 전쟁 때 아르테미스 여신에게 바쳐질 운명에 처한 아가멤논의 딸.

밖은 추위와 굶주림으로 엉망이었다. 독일의 불행은 재앙 수준이었다. 바커스 신이 미다스 왕의 소원을 들어주었다는 전설이 있다. 탐욕스러운 미다스는 무엇이든 자신이 만지면 금으로 변하게 해달라고 청했다. 곧 나무든 꽃이든 돌이든 그가 만진 것은 모두 금이 되었으며 그는 이 세상 제일의 부자라고 으스댔다. 아, 하지만 얼마 후 배가 고파 식탁에 앉아 고기, 과일, 포도주에 손을 대자 이들도 모두 금으로 변해버렸던 것이다. 자비로운 신께서 서둘러 도와주시지 않았다면 그는 황금 산더미 위에서 굶어죽었을 것이다.

오만한 독일도 비슷한 벌을 받게 되었다. 그가 만진 것은 모두 종이로 변했다가 재가 되었다. 일부에서 말하는 것처럼 독일은 철기시대에서 석기시대로 돌아간 것이 아니라 종이시대로 퇴화했다. 이미 전쟁 중에 종이가 천지인 상태를 미리 맛보았다. 원자재가 떨어지자 조금씩 종이로 보충했다. 남자들은 종이로 된 옷깃을 달고 종이로 된 외투를 걸쳤으며 여자들은 종이 블라우스를 입었고 아이들은 종이로 된 신발을 신었다.

수건, 식탁보, 침대보도 종이로 만들었다. 한 발명가는 종이로 자전거를 만들려고 했는데 전쟁이 끝나 종이의 힘도 한계에 다다른 듯 보였다. 그러나 천만에! 종이로 인한 패닉은 이제 곳곳으로 퍼져갔다. 통화량이 엄청 팽창했다. 반죽 재료에 수수께끼 같은 에탄올을 작용시키면 1마르크는 복제를 거듭하여 수천 장짜리 묶음을 만들어냈다. 온 나라에 이상한 병이 엄습하였는데, 학자들은 피부가 부풀어 오르는 상피병에 비유했다. 복제기는 정지를 몰랐으며 베를린의 조폐공사에서는 마법사의 제자들[87]이 일하고 있었다. 1천이 1만, 10만, 100만, 10억, 1조가 되었다. 1마르크였던 것이 종이로 1조가 되는데 종이돈 1조 원으로는 빵 1킬로그램과 달걀 여섯 개도 살 수 없었다.

그러나 독일인들은 대체로 온순한 사람들이었다. 그레고리우스력[88]의 정확성과 형법대전의 적법성을 교과서의 대수학과 같이 믿었다. 그런데 지금 이런 독일인들의 눈앞에서 천문학 책에서나 볼 수 있었던 숫자들이 춤을 추며 미치게 하고 있었다. 십억장자라니, 그림 형제에게나 어울리는 꿈 아닌가? 그래서 그들은 십 억짜리 종이 수백 장을 받고 가구와 집과 개와 피아노와 정원과 딸을 팔았다. 통장에는 수천억이 적혀있었다. 하지만 한 달 뒤에 고기 값을 치르려고 돈을 찾으려 할 때 보니 예금액을 다 털어도 고기 값을 갚을 수가 없었다. 육층 건물 값을 주어도 검은 빵 한 조각도 살 수 없었던 것이다.

이제 독일은 전체가 종이로 된 제국이었다. 공공건물 그리고 다리와

---

87 〈마법사의 제자〉라는 괴테의 시가 있다.
88 1582년에 로마 교황 그레고리우스 13세가 제정한 태양력.

공장 모두가 종이였다! 도시와 농촌에는 신문이 넘쳐났다. 독일은 충격적인 뉴스로 오염되었다. 어찌 되었냐고? 이 불쌍한 사람들이 모두 미쳐 버리지 않았느냐고? 천만에. 이들의 유일한 도피처는 정신착란이었다. 이들은 그 속에서 잠이 들었으며 정신이 멀쩡한 이들은 집단으로 자살했다. 계속 살면 10년 동안 감옥에서 노역을 해도 지불할까 말까 한 가스 계산서 때문에 아버지들은 가스를 틀어 온 가족을 독살했다. 고전의 세계, 형상학(形相學), 화폐학, 도교 그리고 하느님께 자신들의 교리를 특허 낸 다른 종파들의 세계로 떠난 정신병자들이여, 그대들은 행복하다.

핑켈슈타인을 비롯하여 세상 물정에 밝은 몇몇 주주들은 구세주라는 자들의 설교와 현학적인 망상보다 더 '귀신같은' 선견지명이 있었다. 이들은 성서의 일곱 가지 재앙뿐만 아니라 종이 재앙까지 독일을 덮쳤음을 알고 있었다. 핑켈슈타인은 종이가 불붙기 쉬운 휘발유에 젖어있다고 생각하고 모두 내던져버리는 것이 이 종이 홍수에서 벗어나는 유일한 길이라고 생각했다. 돈은 1마르크도 갖고 있지 말고 불타는 물건처럼 바로 내버려라, 다시 말해 무엇이든 사라! 그는 사방에서 쏟아져 들어오는 지폐들을 집에서 치우느라 여러 달 동안 홍역을 치렀다. 그는 닥치는 대로 뜨개바늘이 가득한 창고, 러시아 군함, 캐나다의 호수들, 렘브란트의 그림들, 유모차 공장, 도로, 경주마, 포르노그래피를 사들였다.

증권거래소에서는 *대중친목회* 주식만이 올라 예상을 뛰어넘는 강세를 보였다. 양조업, 구리와 칼륨 광산, 운송회사와 보험사 같은 실질 가치가 있는 주들은 모두 폭락했다. 구세주가 주인인 유가증권만 신뢰했던 것이다.

대중친목회 주식 역시 종이쪽에 불과하다고 맨 처음 인식한 사람도

핑켈슈타인이었다. 그것도 무상하게 늘 시세가 변하는 종잇장. 그가 자신이 보유한 주식 더미를 한 날에 팔아치우자 극심한 혼란이 일어났다. 아니, 스스로 세운 기업을 무너뜨릴 셈인가? 이제 쿠어퓌어스텐담에 설립한 회사와 데리고 있는 사람들에게서 손을 떼려고 그러나?

그는 결코 무턱대고 행동하는 사람이 아니었다. '행복의 대목장' 행사를 계기로 그는 부정적인 생각이 들었다. 오데마와 노라의 명성이 얼마나 오래 갈까? 마음이 놓이지 않았다. 그러자 그는 서슴없이 주식시장에 폭탄을 터뜨려버렸다.

오데마에 관한 한 핑켈슈타인은 좋은 심리학자였다. 이 젊은 게르만은 자신이 사는 시대가 허락한 것보다 더 큰 일을 저질렀다. 모험가의 얼굴 아래에는 특별한 강인함이 숨어 있었으며 허무주의에 사로잡힌 것 같지만 무아경에 빠져 헤어나지 못한 적은 없었다.

그와는 달리 핑켈슈타인 부인은 몽롱한 상태에 빠져 마음의 균형을 잃어가고 있었다. 그녀는 타락의 여사제 노릇을 했으며 밤마다 손님들과 술에 절은 몸으로 다리를 쩍쩍 벌리며 찰스턴[89]을 추었다. 이렇게 급변한 여자 부르주아지, 이 부엌데기가 되지 못하고 머리칼로 유럽의 진흙탕을 쓰는 아낙을 보자 오데마는 경멸하는 마음이 일었다. 그런 광란이 벌어지는 동안 그는 거의 자기 방으로 내뺐다. 손님들과의 관계도 차갑고 적대적으로 변했다.

하지만 이 모든 것을 어찌 그의 탓으로 돌리겠는가? 그는 물질을 능

---

89 1920년대에 유행한 템포가 빠른 춤.

숙하게 다룰 줄 몰랐던 마술사 제자의 괴로움을 알고 있었다. 주문으로 악마를 불러냈지만 적당할 때 그를 쫓아낼 수 있는 표현이 떠오르지 않은 연금술사의 고뇌도 알았다. 이제 보니 향락과 무절제를 외친 구호에 맥이 빠져있었다. 신의 덕을 보려고 했든 악마의 덕을 보려고 했든 그들은 모두 평범하고 허풍스런 사람들이었다.

현자와 예언자의 덧없음과 유치한 생각은 그에게 절망감을 안겨 주었다. 특히 초라한 무능력을 감추려는 의도가 뻔한 거창한 말을 들으면 속이 메스꺼웠다. 무슨 말을 들어도 그는 우리 인간이 먼지로 되어 있다는 진리를 잊지 않았다. 애국심이나 명예에 호소하는 구호나 박애와 무아경을 외치는 구호도 아니었다! 결코!

그럼 사랑은? 그가 언제 사랑을 해본 적이 있었나? 노라가 그를 사랑한 것은 사실이었지만 그가 그녀에게 짜릿함을 느낀 적은 전혀 없었다. 그녀는 그리하지 못했다. 그가 지금 그것을 시인했다. 사랑하고 짜릿함을 느끼는 것이 가장 중요하지 사랑받는 것만으로는 아무것도 되지 않는다.

갈수록 탈출해야겠다는 거부할 수 없는 욕구가 그를 사로잡았다. 여기서 떠나자, 가자, 어디든 상관없어, 스텝 지대든 사막이든. 상투적인 말과 철학나부랭이, 혼란과 겉만 번지르르한 인간들로부터 떠나자!

이 독일인은 놀랍게도 180도 방향을 바꾸더니 다시 다른 일에 착수했다. 오데마를 진흙에서 빼내 멀리 데려가려는 듯 형이상학적인 미풍이 그에게 불었다. 그러고서 며칠 되지 않아 그는 신속한 결정을 내려야 할 숙명을 맞았다.

대친회 주식 가격이 하락하자 공직사회에서도 소란이 일어났다. 곧 고발이 이루어졌다. 어느 날 새벽 세 시경에 경찰의 기습 수색으로 날마다 계속되던 광란의 축제가 중단되었다. 국방장관이 *대중친목회* 신자였으며 그 때문에 사건이 숨겨졌다는 사실이 드러났다.

오데마는 경고가 울리자 모자를 집어 들고 부엌 창문을 통해 달아났다. 경찰에게서 달아나려는 것보다 자신을 찾는 게 목적이었다.

베를린, 창백한 도시, 납빛 시멘트 도시, 얼어붙은 겨울의 도시. 두려움에 휩싸인 밤이 오면 베를린은 환영에 시달린다. 로자 룩셈부르크[90], 란트베어 수로[91]의 얼음 위에 그녀의 하얀 얼굴이 한 떨기 수련처럼 애처롭게 피어있다. 리프크네히트[92]의 혼백은 내내 이리 저리 쫓기다가 그를 죽인 자들의 살기에 친 눈이 번득이는 디이가르뎬 공원의 깊은 덤불 속으로 달아난다.

으스스한 11월 밤에는 아크등이 검은 베일을 쓴다. 도시는 죽은 듯이 적막감으로 감싸여있다. 하지만 이 얼음이 시간의 흐름과 정의의 발걸음을 멈추게 할 수 있을까?

거리는 긴 터널처럼 끝이 없다. 빙하의 틈처럼 깊고 텅 비어 있다. 바위

---

90 Rosa Luxemburg, 1871~1919, 폴란드에서 태어난 독일 마르크스주의 혁명가.

91 베를린의 연방 수로. 살해된 로자 룩셈부르크의 시신이 여기서 발견되었다.

92 Karl Liebknecht, 1871~1919, 독일의 공산주의자. 1919년 1월에 일어난 스파르타쿠스 폭동 중에 체포되어 로자 룩셈부르크와 함께 살해당했다.

처럼 무거운 구름이 철갑으로 에워싸 거리에는 숨통이 막혀있다. 창이란 창은 모두 눈을 감고 있다. 개도 사는 곳을 지키고 있다. 교통섬[93]을 지키는 경찰도 달의 회전을 막지 않는다. 길거리 매점들이 빙산처럼 얼어붙어 있다. 영하 24도.

갑자기 인적 없는 곳에 금속에 부딪히는 듯 달그닥달그닥 걷는 소리가 들린다. 한 행인이 오는데 벌써 몇 시간을, 며칠을 걷고 있다. 오데마 아닌가! 이 추위에도 그의 피는 고동친다.

어디로 가는 걸까? 무엇을 찾고 있지? 자신의 그림자?

석조건물은 텅 비어있나? 솥처럼 안에서는 보이지 않는 인생이 발효 중이겠지? 행인은 지칠 대로 지친 몸을 벽에 기댄다. 조개처럼 생긴 건물 안에서 음악 소리가 난다. 안으로 들어간다. 큰 양조장이다.

이 불청객의 눈앞에 젊은 시절의 풍경이 나타났다. 소음과 음악이 뒤섞인 홀은 라인의 모습이었다. 황금기, 봄철, 꽃이 만발한 초원, 이끼로 덮인 바위와 그 위에는 총 쏘는 구멍들이 나있고 담쟁이로 덮인 폐허가 된 탑. 황금빛 물결 위로 하얀 배 한 척이 노래까지 흘리며 지나갔다.

이 배는 크기가 맥주공장만 했으며 그 안의 식탁에는 수천 명의 손님들이 앉아있었다. 모두 독일 사람들로 이 수천 개의, 수지로 만든 공처럼 투명한 핑크빛이 나는 거대한 대가리들은 면도를 했거나 대머리거나 세 겹으로 목에 주름이 잡힌 목덜미에 단단히 박혀있었다. 입에는 큰 구멍이 나 있어 안으로 맥주를 부어넣었다. 그러자 그 안에서 우렁찬 노래

---

93 보행자를 보호하기 위해 도로 가운데에 만들어 놓은 구역.

가 울려 나왔다.

〈라인 강의 보초〉[94]

트리움파토어[95] 맥주의 도착을 축하하려고 골수 독일인들이 모두 여기에 모였다. 금테 안경을 쓴 화학교수 보탄 씨, 철도청 간부인 파프너 씨, 시가와 담배 소매상 지크프리트 씨, 옛날 베를린 모아비트에서 감옥 살이한 영웅들, 모두가 든든한 동포들이었다!

오데마는 본에서 보낸 젊은 시절을 보는 듯했다. 대체 그에게 무슨 일이 일어났을까? 어떤 엄청난 변화가 있었기에 이토록 얼굴이 망가졌지? 쉬지 않고 베를린을 누비다 그렇게 되었을까? 미치광이 취급을 당했을까? 급사 하나가 그에게 달려와 길을 막았다.

"외국인은 출입할 수 없습니다!"

같은 독일 동포들에게 이렇게 외국인이란 소리를 듣게 되다니!

그는 술집을 나왔다. 그는 다시 끝이 보이지 않는 거리를 수 킬로미터를 걸어갔다. 추위에 금이 간 나리를 건넜다. 시하철 길을 따라 걷는데 땅이 울부짖는 소리들이 윙윙거렸다. 발밑은 통처럼 비어있는 것 같았다. 갈비뼈 밑에 있는 그의 심장처럼 속에 있던 열정도 식어버린 것일까?

그는 왜 그리도 허전하고 속에 든 것이 없는 느낌이 드는지 그 까닭을 몰랐다. 그는 밤에 바람에 날려가는 종이인형이었다. 그는 그린란드 해변에 좌초한 뱃사람보다 너 외로웠다.

갑자기 짙은 안개 속에서 어른대는 도깨비불 같은 이상한 빛이 보였

---

94 *Die Wacht am Rhein*. 당시에 국가처럼 불린 독일 노래.

95 개선장군이란 뜻으로 여기서는 뢰벤브로이에서 판매한 맥주 이름.

Max Beckmann, Malepartus, 1919

다. 그곳까지 가는 데 한 시간이 걸렸다. 추위와 피로 때문에 거리가 수 킬로미터나 늘어났던 것이다. 드디어 그곳에 다다랐는데 반갑게도 카페였다. 그는 비틀거리며 숨을 훅훅 몰아쉬었다.

수도원 같은 정적이 그를 맞았다. 높은 곳의 지시를 받은 듯 급사가 똑바로 점잖게 예의를 갖춰 서더니 오데마에게 따라오라는 시늉을 했다. 발밑의 벨루어[96]가 잔디처럼 부드러웠다. 카페는 작고 둥근 탁자들로 꾸며져 있었는데 자리마다 회색 옷을 입은 손님이 혼자 앉아 창백한 얼굴을 굽혀 책이나 신문을 보고 있었다. 서로 다 비슷한 모습이었으며 뿔테안경을 닦을 때는 모두 똑같은 모양으로 움직였다. 말은커녕 헛기침 소리도 나지 않았다. 이곳은 지식인들의 수도원이었다. 이들의 청빈은 수도자처럼 서약에 따른 것이 아니라 빈곤에서 비롯한 것이었다. 이들은 잠 잘 방도 음식을 사먹을 돈도 없었다. 자연의 비밀에 속하는 기적 덕분에 이들의 잔에는 밀크커피가 내내 떨어지지 않았으며 그 옆에 있는 물컵도 마찬가지였다. 이들은 자리에서 움직이지 않았다. 그럴 힘조차 없었던 것이다. 이들은 아무 말도 하지 않았으며 분명 어떤 논평도 필요 없음을 느끼고 있었다. 완전한 침묵과 놀라운 의지력으로 이들은 의자에 앉아 삶을 부지했던 것이다. 누가 이들에게 길거리로 한 걸음만 움직여 보라고 시키면 그들은 파리처럼 죽었을 것이다.

테이블마다 사람이 앉아있었다. 오데마는 아무도 방해하고 싶지 않아, 그리고 두려운 마음과 절망감에 다시 카페를 나왔다. 이때 아까부터 내내 그를 유심히 보고 있던 손님 중 한 사람이 일어나더니 손짓으로 그

---

96 실크나 면직물을 벨벳처럼 만든 것.

에게 와서 앉으라고 했다. 그의 앞에는 서류가 산더미처럼 쌓여있었으며 거기에는 붉은색, 초록색, 파란색으로 뭐라고 적혀 있었다. 그는 베를린의 관습대로 자신부터 바로 소개하지 않고 새로 온 사람에게 몸을 굽히더니 그의 왼손을 잡아 이리저리 돌려 킁킁 냄새를 맡더니 이윽고 휴대용 현미경을 가지고 꼼꼼히 살펴보았다. 이렇게 몇 분 동안 자세히 관찰하고 나더니 그는 오데마의 손을 다시 놓아주고는 자리에서 벌떡 일어나 힘찬 목소리로 말했다.

"나왔다! 나왔어! 오이로코케다!"

먼 바다에서 구조를 요청하는 듯한 외침소리가 지루하게 정적에 잠겨있던 카페에 울렸다. 그런데 이곳 공기는 소리가 전혀 통과할 수 없는 솜으로 이루어졌는지 아무도 움직이지 않았으며 쳐다보는 사람도 없었다. 이들은 숨이 붙어있는 시체처럼 모든 일에 무관심했다.

정신이 들자 그자는 자리에 앉더니 마지못한 태도로 오데마의 손바닥에서 발견한 것이 무엇인지 말해주었다.

"자, 보시오, 당신에게는 오이로코케가 있소. 당신은 우리 세대에서 가장 유명한 인물이 될 거요. 당신은 오이로코케에 걸린 최초의 유럽인이오! 오이로코케는 유럽 문명, 정확히 말해 서양 문명의 포도흑벌레랍니다. 대륙을 멸망시키는 세균이지요. 나는 필라델피아대학교 화학교수로 지금 당신을 망가뜨리고 있는 병균을 찾기 위해 십여 년 전부터 유럽에 살고 있지요.

나는 오이로코케를 노트르담의 탑에서 처음 발견했소. 두 탑은 다른 역사적 건축물, 피라미드나 슈트라스부르크 대성당 또는 비셰흐라트

묘지[97]보다 심하게 감염되어 있었죠. 겉보기에는 아무렇지 않아요. 균열이나 구멍도 없고. 그러나 안을 보면 돌이 속까지 시커멓게 변한데다 가볍고 푸석푸석하지요. 도시의 연기와 눈물을 남김없이 빨아들인 스펀지 같지요. 오늘날 노트르담은 우리의 상상에만 존재하는 공상의 건물이지 신이나 신앙 따위의 상징이 아닙니다. 오이로코케가 파괴한 거지요.

바이마르에서 16세기의 4절판 책을 한 권 손에 넣은 적이 있어요. 얼마 뒤 나는 거기서 그 병균을 발견했어요. 처음에는 아무것도 알아보지 못했어요. 누렇게 얼룩진 종이에 이름만 들어도 알만한 기생충들이 서식하고 있었어. 표지 밑에서 이와 벌레들이 운하와 그늘진 가로수 길을 건설했더군요. 나는 오랫동안 끈질기게 관찰해 마침내 오이로코케가 있다는 것을 밝혀냈어요. 당신네 철학자 중 한 사람이 쓴 책은 거의 가치가 없어졌지요. 정신적인 내용이 없어요. 문장이 의미를 만들어내지 못해요. 그 책은 무게가 85그램이며 해마다 12퍼센트씩 가치가 떨어졌죠. 다시 말해 오이로고게는 내적 가치와 정신을 파괴합니다.

내가 생물체에서 오이로코케를 확인하는 데는 오랜 시간이 걸렸지요. 자, 어떤 동물이 내게 당신네 문명의 근본 이치를 가르쳐주었는지 맞춰보세요. 당나귀입니다. 그는 수많은 쓰레기꾼들 가운데 하나였으며 이들은 새벽 두 시에서 일곱 시 사이에 쓰레기에서 사람들의 비밀을 찾아내려고 온 도시를 쏘다녔습니다. 아마 인생의 진리는 이들이 기장 많이 알 겁니다. 그러나 이들은 늘 입을 다물고 있으며 그들을 보는 자도 없지요. 넝마를 걸치고 얼굴까지 궁상맞게 생겨서 거의 눈에 띄지 않아요.

---

97 드보르작, 스메타나 등이 묻힌 프라하 국립묘지.

그들은 차디찬 지하세계의 죄수들처럼 뼈 빠지게 일합니다. 어쩌다 꽉 찬 쓰레기통을 넘어뜨리면 잠자던 사람이 놀라 침대에서 일어난 순간 퍼뜩 모르는 세력이 활동하고 있다는 것을 알아채지요. 그러나 하잘것 없는 비밀을 불쌍한 무리들에게 맡긴 채 늘 다시 잠이 들지요. 바로 이 비현실적인 시간에 당나귀는 큰소리를 칩니다. 그는 쓰레기통을 실은 수레에 매어 일했는데 그 일로 이탈리아에 저택 한 채를 벌었다는 거예요. 나무와 고철이 말하는 소리, 꺼이꺼이 우는 소리는 모두가 잠자는 사람들의 의지가지없는 상태를 표현한 것으로 갤리선[98] 노예들의 소리나 궁궐 정원의 예언자들의 소리, 이성과 재앙의 소리만큼이나 끔찍했지요.

어느 날 당나귀는 그 어느 때보다 길게 아주 고통스러운 소리를 지르고는 아스팔트 위에 쓰러졌어요. 매질이나 발길질도 그를 일으키지 못했지요. 그러나 죽지는 않았어요. 내가 마침 한 수의사를 만나고 있었는데 쓰레기꾼이 당나귀를 그리로 데려왔어요. 우리는 다음과 같은 사실을 알아냈지요. 그 당나귀는 가죽과 뼈뿐이었으며 귀와 등이 고삐보다 더 딱딱해졌더군요. 내부에는 폐도 창자도 비장도 없었어요. 오이로코케가 송두리째 먹어치운 거예요.

그때부터 나는 그 세균을 알아볼 수 있었습니다. 그는 상황에 따라 또는 자신이 침입한 생물체에 따라 모양을 바꾸지요. 그러나 사람에게 서는 발견한 적이 없었어요. 그러다 이제 막 당신 손에서 그것을 발견한 거예요! 인간에 침입한 오이로코케균을 말이에요. 어디 한번 안아봅시다. 당신은 인류에 굉장한 공헌을 하시는 거예요.

---

98 노예들에게 노를 젓게 한 고대 그리스나 로마 시대의 배.

장담하건대 돌이나 책, 당나귀처럼 당신 내부도 텅 비어있을 겁니다. 심장이나 간도 없을 거예요. 다시 말해 지금 징과 북소리로 떠들썩하게 새 그리스도를 알리지만 당신은 예수의 성심도 삶의 현실도 믿지 않지요. 참, 어처구니가 없어. *대중친목회* 이야기는 들으셨겠죠. 세상에 듣도 보도 못한 속임수를 써서 의지가지없이 가련한 사람들이 끝까지 움켜쥐고 있던 돈까지 긁어낸 인간쓰레기들 말이에요. 그들은 그 아까운 돈을 어느 악마에게 퍼부어주는지도 모른다니까요. 난리가 났지요. 도산한다는 소문이 나돌고, 주가는 어제보다 75퍼센트나 떨어지고.

그렇다고 이제 어떻게 하겠소? 나는 세상의 종말에 관한 확실한 열쇠를 갖고 있습니다. 유럽은 죽어가고 있습니다. 자타가 공인하는 바대로 당신은 이 파괴적인 세균을 지닌 최초의 인간입니다. 이 자리를 빌어 축하드립니다!"

오데마의 관자놀이에서 경종 소리가 났으며 가슴도 납덩이처럼 무거웠다. 그는 내가 누구지, 이곳에 무슨 볼일이 있지? 하고 자신에게 물었다. 어제 모든 것을 내던지고 노라와 쿠어퓌어스텐담을 떠났지? 그때부터 몇 달 또는 며칠이 지나갔지? 듣도 보도 못한 일들이 일어났다. 격동기, 치정 범죄, 정권이 잇따라 무너지고 주식시장에서는 대친회 주식이 폭락하고…… 오데마는 갑자기 겁이 났다. 그는 마비 상태에서 깨어나 이 무서운 미국인에게 인류의 진보, 재앙, 데카당스 같은 말을 되뇌고 싶지 않았다.

이제 아무것도 알지 말자! 잊어! 달아나자! 모르는 게 제일 좋은 약이었다. 거리는 춥고 컴컴하며 황량했지만 그는 범죄자처럼 살짝 빠져나왔다. 모자는 내버려두었다.

극심한 정적과 어둠이 그를 다시 맞이했다.

여유롭게 서 있는 포플러나무 아래 하얀 클로버 위에 누워서 미풍에 실려 오는 소식을 듣고, 남쪽나라에서 돌아온 새가 얘기해 주는 옛 이야기를 들을 수 있는 부드러운 초원이 이 세상에 없을까?

몸멘 거리를 지났다. 133번지 언덕에 이르자 누가 그를 건드리며 뭐라고 웅얼거렸다. 그러더니 열쇠꾸러미를 끄집어내어 오데마에게 문을 열어주며 들어가라고 했다. 오데마는 속는 셈치고 그를 따라갔다. 계단에 불이 켜졌다. 삼층에 이르자 요정 나라에 온 듯 장갑과 외투가 훌훌 날아갔다. 눈에 핑크빛이 도는 새하얀 불도그 한 마리가 그의 주위를 어슬렁댔는데 우울해보여도 맹견처럼 음흉한 것이 분명했다. 손을 씻으려는 것인지 오데마가 침을 줄줄 흘리는 개의 큰 아가리에 손을 내밀었다. 바로 그때 홀의 문이 열렸다. 해 모양의 마호가니 룰렛[99]판이 빙빙 도는 거대한 테이블이 그를 잡아당기는 것 같았다. 진짜 태양은 오래 전에 불이 꺼져 독일이 추위에 떠는데 이 해는 여전히 열을 내뿜으며 원 운동을 하고 있었다. 테이블에는 유럽의 마지막 생존자들이 환상과 엉터리 재화에 몸을 달구려고 모여 있었다. 한 늙은 부인이 물주를 잡고 있었는데 황제의 대모인 백작 부인이라고 옆에서 오데마에게 속삭여주었다. 그녀는 손가락마다 하나씩 열 손가락에 반지를 끼었고 외알 안경을 썼다. 굵직한 시가를 피웠으며 용맹한 경기병 대령과 같은 목소리로 숫자를 외쳤다. 곳곳에서 남자들이 쭈글쭈글한 회색 손으로 수 조, 수 경의 지폐뭉치를 주무르고 있었으며 모두들 종이돈에 정신이 빠져있었다.

---

99 0에서 36까지의 숫자가 적힌 원반에 구슬을 굴려 승부하는 놀이.

탁자 끝에 앉자마자 오데마의 발치에 누워있던 불도그의 온기가 느껴졌다. 그는 2에 돈을 걸었다.

2는 그에게 운을 가져다주는 행운의 숫자다. 이발소 조수가 바라는 3처럼 닳도록 쓰이지도 않는다. 2는 뿌리를 단단히 내리고 있다가 꽃나무처럼 자신을 휘감으며 오른다. 2는 생김새가 해마 같다. 머리 가운데에는 수수께끼로 가득한 올빼미 눈, 고대 이집트 신의 눈이 박혀있다. 오데마는 내내 2에만 걸었다. 그리고 그때마다 땄다. 이날 밤 2에는 놀라운 매력이 있었다. 다른 숫자는 그의 상대가 되지 못했다. 1은 오랫동안 허탕만 쳤다. 4는 미로 같아 빠져 나오기 어려운 정사각형 공간이며 보조 탁자같이 언제 쓰일지도 모른다. 한 마디로 골칫거리였다. 5는 위험한 수수께끼, 스핑크스로 피하는 게 상책이다. 6은 뚱뚱하고 상상력이라곤 없는 연금생활자로 빈 통이다. 7은 날씬한 몸매 때문에 끌릴 법도 한데 너무 잘 알아 맛이 없다. 15살 소년일 때 좋아한, 첫 영성체의 향내와 땀내가 나는 금발의 소녀 같다. 8은 카발라[100]의 숫자로 자기 꼬리를 물고 돌면서 헛수고만 하는 뱀이다. 끝으로 9는 키가 크고 핼쑥하며 줏대가 없다. 0에 꼬리가 붙은 수로 선뜻 손이 가지 않는다.

오데마는 2만 고집했다.

아침 아홉 시에 그의 주위에는 네 사람뿐이었다. 그들은 그가 가진 것을 모두 잃고 망하는 것을 보려고 끝까지 남았지만 그는 독일 상선대를 통째로 사고도 남을만큼 돈을 땄다.

악몽에서 깨어난 듯했다. 그는 피로에 지친 몸으로 자신이 어디 있는

---

100 여기서는 유대교의 신비주의적 교파의 가르침을 뜻한다. 숫자와 문자풀이도 한다.

지 보려고 주위를 돌아보았다. 전혀 모르는 곳으로 퇴직한 우편집배원이 사는 초라한 집이었다. 문 오른쪽에 있는 좁은 부엌에서는 우체부의 두 딸이 밤새 스웨덴식 펀치[101]를 한 통씩 만들었다. 아버지는 문지기 노릇을 했는데 새 손님이 문을 두드릴 때마다 형사나 경찰이 아닐까 하며 몸을 떨었다. 너무나도 두려운 나머지 마음속으로 무릎을 꿇고 차라리 경찰을 보내주십사 하고 청할 정도였다. 그런데도 그의 아내는 계속 도박장을 운영하라고 시켰다. 그녀는 옅은 금발의 이르메린데와 통통하고 머리가 갈색인 베르다가 큰 행운을 만나기를 열망했다. 현관 맞은편에는 침실로 통하는 문이 있었으며 방 안에는 할머니가 쓰던 낡은 석류빛 플러시[102] 소파가 있었다. 두 아가씨가 마호가니 룰렛 판 밑에서 흰 삼베 속옷 바람으로 벌어들인 형형색색의 지폐들이 그곳에 수북이 쌓여 있다가 사라졌다.

오데마는 어떻게 그 신통한 숫자를 알아냈을까? 문득 이르메린데의 푸르른 큰 눈이 자신에게 머무르는 것을 보자 초저녁에 그녀가 그의 귀에다 운명의 숫자를 속삭여준 일이 떠올랐다. 그녀의 왼쪽 관자놀이의 애교머리 또한 2자 모양이었다. 그가 돈을 딴 것, 이 엄청난 재회가 생긴 것은 그녀 덕이었던 것이다! 그녀와 그는 서로 전혀 모르는 사이인데 어떻게 공조를 하게 되었지? 그럴 정도로 여자에게 여전히 큰 매력이 있나? 그는 이 도시에서 뭔가 찾긴 했는데 사랑은 아니었다. 그런데 사랑이 여기, 바로 그 앞에 있지 않은가?

---

101 물에 과일즙, 향료, 포도주 따위를 섞어 만든 음료.
102 벨벳 직물의 일종.

그는 수 주 전부터 추위에 떨었는데 이제부터는 그렇지 않았다. 두 눈이 그를 따뜻하게 감싸주었던 것이다.

오늘 밤 이르메린데도 큰판을 이겼다. 그가 2에 돈을 걸었듯이 그녀는 오데마에게 걸었다. 그녀는 그에게 자산을 마련해 주었을 뿐 아니라 그 투자에까지 신경을 썼다. 파산을 각오하고 이 조그만 서민 주택에 오는 남자들은 베를린 주식시장의 큰손들로 이들은 밤마다 그녀에게 그들의 성공담과 실패담을 털어놓았다.

새벽 4시경, 오데마가 막 따기 시작하는데 블라이히슈뢰더 은행장인 코엔 씨가 예쁜 소녀를 찾았다. 할머니의 소파에서 그녀에게 위로를 받으려는 것이었다. 두 번 키스하는 동안 그는 그날 이루어진 거래 이야기를 했다.

"러시아 전함 한 척을 125달러에 그리고 알렉산더 광장에 있는 7층 건물 한 채를 몇 조 마르크에 샀지. 그리고 마지막으로, 놀라지 마, 단돈 42달러에 달마티아 해변[103]의 섬을 하나 샀어. 잘 알려져 있지 않은 작은 섬이야. 뵈클린[104]의 〈죽음의 섬〉 같은 것이지. 그런데 마누라가 비난을 퍼붓지 않겠어. 그녀는 미신을 믿어. 그래서 나더러 어떤 일이 있어도 그 섬을 다시 팔아치우라는 거야."

"오, 코엔 씨, 그 섬 제게 주세요!" 이르메린데가 그에게 매달렸다.

"살 사람을 찾아봐! 사서 너와 그곳에 갈 애인 없어? 네게 10퍼센트를 줄게!"

---

103 크로아티아의 아드리아 해 연안.
104 Arnold Böcklin, 1827~1901, 독일화가.

"정식으로 입에 키스 한 번 해 드릴게요!" 이르메린데가 떼를 썼다.

"이졸라 루체르타라는 섬이지. 오래된 공국이야. 구매자는 사자마자 귀족 신분이 돼."

"그럼 제게 10퍼센트를 먼저 주세요!"

"섬을 40달러에 양도하지." 코엔이 사무적으로 대답했다. 그러고서 도박장으로 돌아가더니 그 금액의 스무 배를 잃었다.

이르메린데는 이미 그녀의 왕자를 정해 놓았다. 도박꾼들이 모두 떠나자 섬과 자신의 생각을 이야기했다. 신사로서 오테마는 귀여운 요정의 청을 거절할 수 없어 그녀를 그곳에 데려가겠다고 약속했다. 그는 이 눈과 시멘트로 된 지옥, 베를린을 떠나고 싶을 뿐이었으니 그다지 어려울 것도 없었다.

"오리엔트 특급열차를 타요!" 이르메린데가 외치며 손뼉을 쳤다. "파리를 경유해 가자고요. 침대차를 타고요! 어느 장밋빛 손가락을 가진 아침[105]에 아드리아에 도착해 있을 거예요!"

그렇다. 종이 시대의 젊은 베를린 여자라면 그런 꿈을 꿀 수도 있지! 오, 독일이여, 장 파울[106]의 소설과 니벨룽 전설의 나라! 20세기에도 너희 땅에는 요정과 식인 괴물들이 살고 있었지! 이들은 너희 아이들의 가슴 속에 살아있을 거야!

오테마는 우편배달부의 식당에 걸려있는 슈바르츠발트[107] 시계를 보았다. 마침 뻐꾸기 한 마리가 나와 10시를 알렸다. 그는 바로 코엔 씨에

---

105 호머의 시구에서 유래한 표현.

106 Jean Paul. 1763~1825. 독일의 낭만주의 작가.

107 Schwarzwald. 독일 남서부 라인 강 동쪽에 뻗어 있는 산맥.

게 전화해 그 섬을 살 생각이었다. 거래는 3분 만에 이루어져 은행가의 공증인 사무실에서 만나기로 했다. 당시에는 거래를 빨리 마치는 것이 아주 중요했다. 오데마는 지금 가진 것이 얼마나 되는지 세어보았다. 하지만 점심때면 달러에 비해 가치가 절반으로 떨어져 있을 것이다.

오데마는 공증사무소에서 루체르타 섬과 그에 딸린 귀족 지위의 양도 계약서를 작성하게 하고 그를 따라온 이르메린데와 함께 사무실을 나왔다. 그들은 게살 수프와 캐비아를 얹은 빵을 먹으러 켐핀스키로 갔다. 오데마가 식권이 없는 것을 알고(식권은 주거지 구청에서 받아야 하는데 오데마는 도망 중이었다) 웨이터가 한마디 했다. "굶주림의 시기에는 캐비아가 밑에 놓인 빵 한 조각보다 항상 더 싸답니다!"

오데마와 이르메린데는 후식 시간에 약혼했다. 그러고서 각자 준비를 위해 헤어졌다. 그들은 다음날 동물원 역에서 만나기로 했다. 10시 2분에 파리행 기차가 출발하는 곳에서.

오데마는 여기서 탈줄하고 싶은 마음이 간설했지만 완선히 새로 변신을 하기 전에 몇 가지 처리할 일이 있었다. 쿠어퓌어스텐담을 떠난 지 얼마나 되었나? 그동안 그곳에 무슨 일이 일어났을까? 그리고 노라는? 문득 자신이 철저한 망각의 늪에 빠져 살고 있는 것처럼 느껴졌다. 그는 암석사막을 헤맬 때처럼 동료, 친구, 친지들을 잊은 채 베를린을 떠돌아다녔다. 얼굴도 까칠해졌다. 길마다 내내 불안과 공포의 심연이 이어졌다. 호프만[108]의 소설 속에서 사는 것 같았다.

그러다 금발의 이르메린데가 눈에 띄었다. 아무도 꺾을 수 없는 사랑의

---

108 Ernst Theodor Amadeus Hoffmann, 1776~1822, 기괴한 이야기를 많이 쓴 독일의 소설가.

힘이 그의 눈을 열어주었다. 이제 그대로 사랑을 실천하는 것만 남았다.

포츠담 광장의 인도였다. 뜬금없이 그는 택시를 타고 '집으로' 갈까 말까 하며 망설였다. 이때 누가 부르는 소리가 들렸다.

"혹시 오데마 박사 아니시오?"

핑켈슈타인은 자신의 눈을 믿을 수 없었다. 자신의 연적이 앞에 서 있다는 사실이 인식되기도 전에 그는 덥석 그의 손부터 잡고 말았다.

"내가 고용한 탐정들이 베를린에서 당신을 찾고 있어. 그런데 포츠담 광장에 있는 당신을 못 보다니!"

"숨기는 밝은 대낮에 사람들이 많은 데가 제일 좋다고 하잖습니까. 그런데 제게 무슨 볼일이 있으신지요?"

"바로 당신이야! 그런데 아무것도 모른다고! 대친회는 파산선고를 받았어! (난 상관없지만 말이야. 가지고 있던 주식을 모두 팔아치웠거든.) 30여 종파가 당신을 고소하려고 벼르고 있어. 다른 사람들도 당신을 미풍양속을 해치고 미성년자를 유혹했다는 명목으로 고발하려고 해. 당신이 대중친목회와 관련해 한 모든 일이 이제 당신 책임으로 전가되고 있다고."

"그럼 마음대로 생각하시죠! 좋으시겠어요!"

"이봐, 결코 그렇지 않아, 그 반대라고! 당신이 도망치는 바람에 내게 무슨 일이 닥쳤는지 알아?"

"노라가 가정주부로 돌아왔나 보죠!"

"아니, 그 반대라네! 이혼을 요구했네!"

"뭐라고요?"

"난 세상에서 가장 불행한 남자야. 그녀가 사랑하는 건 당신이라고!" 핑켈슈타인이 한탄했다.

"그건 정말 미친 짓이에요! 왜 그런 짓을 했을까!"

포츠담 광장 한 복판, 우체국과 조그만 그리스 사원 앞에서 핑켈슈타인이 뜨거운 눈물을 흘렸다. 오데마는 동정심이 일어 불쌍한 남자를 부축했다. 그는 이런저런 생각 끝에 말했다.

"내 말을 잘 들으세요! 잘 될 겁니다. 난 이제 당신이 알았던 오데마 박사가 아닙니다. 새로운 정신을 가진 다른 사람이 되었죠. 아마 그래서 당신이 고용한 탐정들이 날 찾아내지 못한 거예요. 난 연애중이에요! 내 생애 처음으로 사랑을 한다고요! 그러나 핑켈슈타인 부인은 아니에요! 내게 200조만 주세요! 그럼 떠날게요!"

"하지만 난 이혼했는데." 핑켈슈타인이 훌쩍였다. "이제 그런다고 무슨 소용이 있단 말인가?"

"진정하십시오! 집에 가서 전화를 기다리십시오! 내가 알아서 하겠습니다!"

오데마는 택시를 불러 쿠어퓌어스텐담으로 가라고 일렀다. 대중친목회 건물은 문이 활짝 열려있었다. 그는 여기저기 폐허처럼 엉망인 상태로 내팽개쳐진 방들을 돌아보았다. 직원 하나 없었다. 큰 중앙 홀에는 간밤의 무질서 그대로였다. 모든 방을 다 돌아다녀 마침내 노라를 찾아냈다. 그녀는 상복 차림으로 작은 책상 앞에 앉아있었다. 책상 위에는 서류가 수북이 쌓여있었는데 스탬프가 찍힌 것도 있었다.

핑켈슈타인 부인이 "사랑하는 오데마, 당신이 돌아올 줄 알았어요!" 하고 말하며 그의 팔에 안겼다. "당신이 날 떠났지만 결코 화나지 않아요. 당신을 비난하지도 않을 것이며 조금도 울지 않을 거예요. 당신이 다른 여자를 사랑한다고 해도 당신과 같이 기뻐하겠어요. 사랑이 대체 무엇인지요? 사랑하는 이의 행복을 열망하는 것이지요. 내가 당신을 사랑하고 당신이 다른 여자와 행복하다면 당신이 그녀를 사랑하기를 빌어야겠지요. 다른 것은 모두 이기심이지요. 우리 할머니라면 질투심을 이기지 못하고 비난하고 떠나면서도 난리를 피웠을 거예요. 자, 내가 어떻게 하는가 보세요. 이만하면 내가 당신을 사랑한다는 것을 알겠지요."

그녀는 오데마에게 보란듯이 서류 하나를 내보였다. 남편에게 받아낸 이혼 서류였다. 오데마는 당황했다. 이렇게 강렬한 사랑에 그는 어찌할 바를 몰랐다. 처음으로 자유, 진보 그리고 심리분석이 싫어지기 시작했다. 이들은 삶을 아주 단순하게 만들고 모든 이성적인 억압을 사라지게 했으며 역겹게도 남녀 관계를 솔직과 관대라는 관점으로 열어젖혔다. 그 결과 삶과 사랑의 기쁨이 사라질 수 있었다. 원숙함과 지루함의 전조인 원만함과 안정이 이어졌는데 이것이 바로 하늘과 죽음이 주는 혼수였던 것이다.

"이혼이라고? 어찌 그런 어리석은 짓을!" 오데마가 말했다.

"이렇게 해야 당신에게 내 사랑을 잘 보여줄 수 있잖아?"

"그러나 그것으로 정반대라는 것을 보여주고 있다고! 그것으로 내게서 도덕적인 감사의 마음을 우려내어 내 감정의 자유를 억누를 거라고. 자유를 파괴하는 것이지. 자유라는 이름으로 나를 당신에게 묶어놓으니까. 말하자면 선택의 자유를 없애자는 것이지. 내 앞에 기정사실들을 내세우는데 사랑에 해가 되는 것들이지. 헤아릴 수 없는 게 사랑이거든!"

노라가 꾸중을 들은 소녀처럼 고개를 숙였다. 그녀는 궁지에 몰렸다. 그는 그녀의 무기로 그녀를 굴복시켰다. 그녀는 독일에서 미련하기 짝이 없는 여자가 그러하듯 울음보를 터트려버릴까도 생각했다.

"그럼 이제 난 어떻게 하지?" 그녀는 한숨을 쉬며 얼굴이 하얘졌다. 오데마는 천연덕스럽게 편지 개봉도구를 만지작거리며 희극 속의 애인처럼 발을 동동거렸다. 그녀는 감정을 이기지 못하고 흐느끼다가 마침내 그쳤다. 그러고서 과감하게 전화기를 들고 핑켈슈타인에게 전화했다.

"여보세요, 자무엘, 당신이에요? 어떻게 지내요? 오늘 함께 저녁 먹을까요? 참, 법원에서 간단한 서류가 하나 왔을 텐데 가지고 있어요? 최종 이혼 서류 말이에요. 당신을 놀래주고 싶고, 당신이 나를 사랑하는지 알고 싶었어요. 그보다 당신이 현대적인 남자인지 확인하고 싶었죠. 모든 게 다 조작이었어요. 아, 그런데 당신은 트리스탄이라도 되는지 심리분석 이론에 따라 받아들이더군요. 당신을 사랑해요. 당신은 진정으로 사랑이 뭔지 아는 사람이에요. 당신이 군소리 없이 법적인 이혼에 동의했을 때 난 내가 완전히 자유로운 상태에서 곧 당신 품으로 돌아가리라는 것을 알았어요. 우리 결혼하지 않을래요?"

"아, 좋고말고!" 전화선 끝에서 낮은 목소리로 대답했다. "당장 내 비서를 호적사무소로 보내 결혼 절차를 밟으라고 하겠소."

노라는 과감한 결정을 내린 데 대해 애인에게서 칭찬을 받으려고 몸을 돌렸다. 그러나 오데마는 이미 사라지고 없었다. 그는 여기서 더 이상 할 일이 없었던 것이다.

오데마는 쿠어퓌어스텐담을 따라 걸었다. 마치 어스름에 잠겨 들장미가 핀 오솔길을 걷는 기분이었다. 마거리트가 놀란 눈으로 바라보고 있었으며 그 사이에는 살결이 백금처럼 뽀얀 실개천이 졸졸거렸다. 그는 첫눈에 반했던 곳, 즉 튀링엔의 한 언덕을 향해 갔다.

사랑했다, 새로운 사랑! 아, 내내 그의 영혼에 무겁게 얹혀있던 겨울에서 이렇게 탈출하다니!

게다가 사랑하는 사람까지! 이름이 이르메린데라니! 독일 민족의 피가 흐르는 부룬힐데, 멜루지네, 쿠니군데 왕비들처럼 아름답고 운율이 있어! 이 금발의 여자가 그를 뒤흔들었다. 눈부신 머릿결, 간장을 녹이는 푸르른 눈, 도자기로 빚은 듯한 손가락과 잠자리 날개를 지닌 그녀. 팜므파탈이여, 독일 남자라면 일생에 한 번이라도 마약 같은 그대의 숨결을 마시고 그대의 짜릿한 손으로 채찍을 맞으며 몸부림치게 되기를 간절히 기다리지.

이르메린데. 어제까지만 해도 우편배달부의 딸로 손님들에게 스웨덴식 펀치를 대접했다. 그런 이르메린데가 오데마의 의지와 물고기 꼬리가 달린 요정에 대한 사랑으로 사자 몸통을 가진 스핑크스로, 천진한 괴물, 위험한 양치기 소녀로 변모했던 것이다. 그가 그녀에게 이렇게 되기를 바랐으니 그녀가 그렇게 되었을 것이다. 그런데 목석처럼 자고 있던 그를 구해준 게 바로 그녀였지? 그녀 그리고 그에게 운명적인 숫자를 알려준 그녀 관자놀이의 황갈색 기호에 행운이 들어있었지? 두 사람이 영웅적인 전설을 체험할 환상적인 섬을 발견한 것도 그녀였지? 그에게 파리라는 단어를 귀에 속삭여 그에게서 프로이센[109]의 완고함이 녹도록 한 것도 그녀였고?

루체르타 공자는 파리를 점령해 사랑하는 미녀에게 바칠 것이다. 그런 다음 배를 타고 현대 유럽의 덧없는 쾌락, 슈프레 강변의 소돔과 센

---

109 독일을 의미함.

강변의 니네베[110]를 떠나 멀리 이탈리아 평원 너머 고대의 바다 위에 있는 멋진 섬으로 가 그곳에서 풍성한 삶을 수확하게 될 것이다. 자연과 사랑에 파묻혀 사는 삶…….

　오데마 박사를 쿠어퓌어스텐담으로 이끌었던 흥분이 이렇게 다시 살아났다.

---

110 고대 아시리아의 수도.

　오데마는 새로운 삶, 새로운 원칙을 향한 여행을 면밀하게 준비했다. 베를린과 그 예언자 및 살인자들은 비참한 운명에 맡기고 집단 사망과 오이로코케 그리고 종이 비로부터 달아나야만 했다.

　여권 받기가 보통 사람들에게는 까다롭지만 오데마는 대사관마다 연줄이 있어 쉽게 구할 수 있었다. 투른-탁시스 공자와 결투하다 생긴 흉터에다 과거와 미래의 보건부 인민위원이었던 인물에게 관청에서는 거부하지 않고 무엇이든 내주었다. 제지 받지 않고 포츠담광장을 지나갈 수도 있었다.

　도처에서 추천서를 써주었다. 몇 시간도 지나지 않아 수첩은 파리 최상류 인사들의 주소로 가득 찼다. 비밀 매음굴의 주소도 있었다. 사람들이 "르 샤바네[111]만은 잊지 말고 가보세요!" 하고 귀에 살짝 일러주었다. 프랑스의 수도를 보려면 한참 있어야 하는데 이렇게 벌써 가장 흥미

---

111 파리의 유명한 사창가.

를 끄는 곳이 생겼다. 에펠탑과 르 샤바네였다.

그는 고마운 마음인지 정 때문인지 독일에서의 마지막 시간을 옛 친구인 빌헬름 반더 집에서 보내기로 작정했다. 잊지 못할 대친회 개관식 날 밤에 그에게 찾아가겠다고 약속한 적이 있었다.

반더가 그에게 쥐어준 명함에는 주소가 라이프니츠 거리의 한 건물에 속한 넷째 뒤뜰 8층이라고 적혀있었다. 그곳에서 유명한 화가 웝실론을 보았지만 오데마는 별로 놀라지 않았다. 새 그리스도가 그곳에 은신처를 찾았을 터였다.

한 난쟁이가 문을 열어주었다. 등까지 심하게 굽은 괴물로, 기형에다 쓰러질 듯 허약한 몸에 커다란 머리통이 나사로 죄어져 있었는데 마치 연극배우가 동물이나 전설에 나오는 괴물을 연기하며 쓰는 마스크처럼 금방이라도 떨어질 것 같았다. 둥글지 않고 찌그러진 혹투성이 머리, 이 맨숭맨숭한 자색 대갈통은 옛날에 매를 사냥할 때 쓰인 다면체 탄환처럼 반짝였다. 붉은 벽돌색 입술 사이로 가끔씩 누렇게 썩은 이가 드러났다.

웝실론은 표현주의 미술의 아버지 같은 사람이었다. 일상생활도 표현주의적이었으며 동시대의 관습에 적응한다는 것은 상상도 못할 정도로 성격이 괴팍했다. 그는 식인종과 마녀들과 어울렸다. 그의 마음속에서는 라인 강변의 폐허가 된 성안에서처럼 유령이 돌아다녔다.

이를테면 화장실에 갈 때 그는 곤봉 두 개만 들고 갔다. 화장실이 복도를 사이에 두고 아틀리에에서 멀리 떨어져 있었던 것이다. 그는 불이 날까 몹시 두려워했다. 그래서 불이 날까봐 밤마다 깨어 있다가 동이 틀 때쯤 비로소 잠이 들었다. 그러나 불빛은 좋아했으며 작품은 거의가 붉은색을 멋지게 변형한 것이었다. 그의 그림에는 나무, 도시 여자의 눈 할 것 없이 모두 붉은 빛이었는데 아마 불의 대가가 될 생각을 했는지도 모른다. 그는 채식주의자로서 토마토 스프를 가장 좋아했으며 붉은색 단지에 손수 토마토 스프를 만들어 먹었다.

죽음도 두려워했지만 그는 마찬가지로 죽음의 상징물에 묻혀 살았다. 책상, 책장, 창턱에는 크고 작은 두개골, 엉치뼈가 널려있었다. 그는 유리잔 대신 두개골을 사용했다. 화주를 마실 때는 어린애 두개골을, 우유를 마실 때는 여자 두개골을, 맥주를 마실 때는 죽은 노동자의 큰 머리통을 썼다. 두개골은 물론 물감통으로도 이용되었다.

그는 명성 있는 화가였지만 아주 외롭게 살았다. 그러나 누가 그의 문을 두드리면 좋아했다. 그는 살인자와 화재를 두려워했기에 그의 집에서 밤을 보낼 사람이 있으면 곧바로 받아주었다. 반더는 몇 주 전부터 그의 아틀리에에 자리를 잡았으며 다른 데로 옮길 생각이 전혀 없는 것 같았다. 웝실론이 그를 잠자게 가만두지 않는다는 것 같이 불편한 점도 있었다. 그는 라틴어로 된 스피노자의 글을 소리 내어 읽는가 하면 교회 목사들처럼 간절하게 외치거나 억지로 타로 카드놀이를 하자고 했다. 이럴 때 그는 아름다운 여왕이나 수염 달린 왕이 나오면 매우 좋아했다. 화가는 주위 사람들보다 이렇게 비현실 세계와 사는 것이 더 익숙했다.

날이 밝으면 웝실론도 일어났다. 두개골에 남은 셰리주나 필젠 맥주를 마저 마시고는 계단으로 엉금엉금 걸어가 세든 사람의 집문 앞에 놓여있는 신선한 우유 또는 빵을 먹었다. 그러고서 비로소 잠자리에 누웠다.

"여기에 내 친구 반더가 살지 않는가요?" 오데마가 물었다.

난쟁이가 인상을 쓰며 비켜서더니 다른 몸과 어울리지 않게 여자 같은 파리한 손으로 너덜너덜한 벽걸이를 제치고 방문객에게 아틀리에를 가리켰다.

빌헬름 반더는 안락의자에 몸을 쭉 뻗고 누워있었다. 낮은 안락의자
는 낡은 셸[112]사 석유통 여섯 개에다 신문과 넝마 그리고 양탄자를 깔아
만든 것이었다. 예언자는 외투로 사용하는 낡은 아마포를 몸을 감싼 채
폭스트롯[113]에 맞춰 이를 덜덜거렸다. 영하 22도였지만 웝실론은 연료라
곤 유명한 슈타인해거 진밖에 없었다. 마치 지금 다시 십자가에 못 박히
기라도 하는지 희끄무레한 새 그리스도의 수염이 축 처진 채 가끔 푸르
스름한 빛을 냈다.

"자네 신들을 모아놓은 협동조합이 잘 안 된 모양이군." 그는 인사도
하지 않고 말했다. "바로 그때 자네에게 그럴 거라고 말해줄 걸 그랬어!"

"난 개인적으로 왔어." 오테마가 대답했다. "옛날 본 시절의 동료 오테
마네. 자네는 아주 매력 있고 재미있는 친구였지. 우리 하느님 이야기는
제쳐두세!"

"그럼 무슨 이야기를 할까? 곤란힌 경우는 여전히 없을 기네. 자, 그럼
해 볼까. 자네 사는 얘기나 해 보게."

"정신적으로 뽐내는 건 싫네. 우리도 변해야지, 발전해야 된다고! 난
새로운 목표를 찾았네. 자연 말일세! 루소의 관점에서도 다시 다룰만한
주제이지. 아드리아 해에 있는 섬으로 가서 농사꾼으로 살 것 같네. 그
곳에서 다른 것은 몰라도 사랑에는 충실할 생각이네."

"개인적인 사랑 말인가?" 반더가 물었다.

---

112 Shell. 석유, 천연가스, 석유화학제품 기업.

113 사교댄스 춤곡.

Beckmann, Christus und die Ehebrecherin, 1917

"물론이네."

"안됐군!" 반더가 불만스레 말했다.

그러자 오데마는 도망 다닌 이야기, 도박을 한 밤에 일어난 이야기, 이르메린데와 이졸라 루체르타 이야기를 했다. 계속 도탄에 빠진 인류를 도와 구하자는 데 넌더리가 났다고. 그는 정치에 실망했다. 손 한번만 까닥하면 되는데 독일은 혁명에 실패했다. 프롤레타리아가 일주일 동안 방심해 수백일의 자유를 잃어버렸던 것이다. 모든 걸 처음부터 새로 시작해야 했다. 그러나 오데마는 안 한다, 안 해! 프롤레타리아 스스로 해결해야 한다. 고생해야 할 사람은 그들이지 오데마가 아니다. 자신을 사회민주당원으로 자처하고 계속 노예로 살려고 하는데 그건 그들이 알아서 할 일이다. 지식인들은 소귀에 경 읽기에 신물이 났다.

"신들을 재료로 한 잡탕 이야기를 하지." 오데마가 침울하게 말했다. "우리 행사 때 음식 목록 잊지 않았을 거야. 거기에는 더 보텔 얘기가 없어."

"이해가 돼." 반더가 대꾸했다. "하지만 잊은 게 하나 있어, 나를 잊었지. 내가 진정한 그리스도라는 걸!"

오데마는 웃음이 나오려고 하면서도 그가 안쓰러워 보였다.

예언자가 말을 계속했다. "그래도 넌 다행이야. 이 영혼이 없는 도시는 한사코 하느님의 자비를 거부하기만 해. 내가 죽어도 날 못 알아볼 거야. 다른 곳을 찾아봐야 할까 봐. 아스코나[114]에 대해 들었는가? 이 조그

---

114 스위스 남부의 소도시. 뉴에이지 운동이 시작된 곳.

만 어촌이 새 유럽의 나사렛[115]처럼 되어버렸지. 세계대전과 러시아 혁명 훨씬 전에 아름다운 라고 마조레[116]의 호숫가에 20세기 최초의 공산주의 공화국이 건립된 곳이네. 내가 더 일찍 우덴코벤[117]을 알았더라면 그는 내 세례자 요한이 되었을 거야. 그에게는 나 같은 믿음을 가진 사람이 없어. 그는 생각도 바르고 진실한 계획이 있어. 그는 노동과 이웃사랑을 원칙으로 자유 국가를 세우려고 하지. 다이너마이트를 발명하고 이후 노벨평화상을 만든 노벨처럼 이 부유한 네덜란드 친구는 현명하고 덕이 있는 불운아에게 조그만 유럽의 섬 하나를 마련해 줄 생각을 했어. 그는 거의 공짜나 다름없는 값에 아스코나가 내려다보이는, 미모사와 동백나무로 빽빽이 덮인 동산을 구입해 '몬테 베리타'[118]라는 이름을 붙였지. 그러고서 새로운 천국을 꿈꾸는 사람들은 누구나 이용하게 했어. 통나무 오두막에서 머물게 했지. 지중해 소나무 그늘에 토마토와 옥수수를 재배하고 가을에는 주위 숲에서 밤을 줍거나 무화과를 달였어. 저녁이면 모여서 동산 주변에 흩어져 있는 마을에서 종소리에 실어 올려 보낸 하느님의 음성에 귀를 기울였어. 설교사의 입에서 나오는 것보다 훨씬 설득력이 있었지. 아, 그런데, 전쟁으로 모든 게 사라지고 말았지. 이제 모든 게 끝났어. 천국 같은 마을이 유럽 괴저[119]에 걸렸어……."

"오이로코케야!" 오데마가 외쳤다.

---

115 Nazareth. 이스라엘 갈릴리 고지의 남부에 있는 도시. 신약성서에서는 이 도시를 예수의 고향으로 서술하고 있다.

116 Lago Maggiore. 북이탈리아와 스위스 경계에 있는 호수.

117 Henri Oedenkoven, 1875~1935, 벨기에 출신으로 몬테 베리타 공동체 공동설립자.

118 Monte Verità. '진리의 산'이란 뜻.

119 壊疽. 혈액 공급이 되지 않거나 세균 감염으로 신체 조직이 썩는 현상.

"끝은 네 상상에 맡기겠어. 지금의 몬테 베리타는 호화 궁전이지. 노동과 사랑의 형제회의 땅이 평방미터당 수천 프랑이나 해. 아, 내가 바로 그때 아스코나를 알았어야 했는데!"

양피지 같은 반더의 얼굴은 오데마의 동정으로 가득 찼다. 그의 얼굴은 고랑이 파인 듯 했으며 온갖 폭풍우에 시달려 생긴 듯 얼룩이 거뭇거뭇했다. 그의 앞에는 참된 믿음에 감화된 자가 앉아있었다. 오데마는 그의 덕분에 허망한 대학 생활에서 탈피하게 된 것도 잊을 수가 없었다. 그는 한참 동안 생각에 잠겼다가 반더를 안고 말했다.

"친구, 결코 절망하지 마세. 세상에는 언덕이 아주 많지. 불쌍한 사람도 많고. 자네가 도움을 청하면 모른 체하지 않겠네. 혹시 이졸라 루체르타에도 토마토와 옥수수를 재배할 수 있는 동산이 있을지 누가 알아? 언젠가 자네를 부를지도 모르지."

"나도 초대하는 거죠?" 윕실론이 주뼛주뼛 물었다. "지금 미리 신세에 보답하겠소. 안타깝게도 토마토 수프를 만들기 좋은 세질이 아니라서 그런데, 조촐한 표현주의 식사만으로 괜찮을지 모르겠네요?"

그는 찬장으로 달려갔다. 그것 역시 셸사의 석유통으로 조립해 세운 것으로 뚜껑이 문 구실을 했다. 윕실론이 접시 몇 개를 끄집어냈는데 거기에 장식된 성서 그림, 즉 아브라함이 이삭을 제물로 바치는 장면, 사울 앞에 서 있는 다윗, 십자가에 못 박힌 그리스도 상 등은 그가 그린 것이었다. 이윽고 그는 '라이헨핑어'[120]라는 치즈 넣은 빵을 식탁에 올렸는데

---

120 Leichenfinger. 라이헤(Leiche)는 시체를, 핑어(finger)는 손가락을 뜻함.

과연 이름값을 했다. 누르스름한 색깔에 매운 맛이 났다. 모르타델라[121]는 첫 음절에 경의를 표하고 과자처럼 조그맣게 잘라먹는다. 세 사람 모두 영하 30도의 추위에 ― 온도가 떨어졌다 ― 엽기적인 도시락을 마음껏 먹었다.

매우 늦었다. 오데마가 보니 동물원 역으로 가 파리행 기차에 타기에는 시간이 빠듯했다.

침대차에는 요정처럼 차려입은 이르메린데가 벌써 와있었다. 반더와 웝실론이 그를 역의 개찰구까지 배웅했다. 입장권은 그들에게 너무 비쌌다.

---

121 이탈리아 소시지의 한 종류.

오데마와 이르메린데는 마호가니 관속의 시체처럼 쭉 뻗고 누워있었다. 핑크색 파자마 차림으로 희부연 빛에 에워싸인 채 그들은 밤과 죽음의 나라를 횡단했다. 세월과 불행의 골짜기에 잠들어 있는 듯한 독일을.

그렇게 여행하니 밀수꾼 같은 느낌이 들었다.

아침에 기차가 쾰른에 멈췄는데 고딕 터널을 지나왔다고 생각할 성노로 돔이 가까이 있었다. 하얀 와이셔츠 차림의 소년 성가대원들이 장엄미사 때의 목소리로 샌드위치와 초콜릿 그리고 오리지널 오드콜로뉴[122] 파리나 4711을 사라고 외쳤다.

몇 시간 후 벨기에에 이르자 장난감 상자에서 막 나온 듯 깔끔하고 귀여우면서도 혈기 넘치는 경찰들이 보였다. 아직도 유럽에는 소박한 왕들이 있었던 것이다.

프랑스 국경을 넘어서자마자 이르메린데는 가짜 여우털 외투를 벗더

---

122 프랑스어로 '쾰른의 물'이란 뜻의 향수 상표명. 1709년부터 제조되었다.

니 투덜댔다.

"프랑스에 오니 덥네! 남쪽에 가까워져서 그런가 봐요!"

이 말과 함께 젊은 여인의 마음은 아예 남쪽에 가있었다. 오데마는 지중해 사람들의 칠칠치 못한 점이 기막히게 재미있었다. 프랑스 세관원들은 모자를 아무렇지 않게 한쪽 귀에 걸쳐 썼던 것이다. 파리 동역에서 이르메린데는 키가 작고 머리가 검은 수하물 운반인을 보고 환호했다. 그는 파리의 바티뇰 구 출신인데 장미 한 송이를 입에 물고 있었다. 그녀가 그에게 말을 걸자 석탄으로 이루어진 듯한 눈이 반짝이기 시작했다.

"이런 분위기에서는 사랑이 무럭무럭 자라겠어!" 그녀가 소리쳤다. 파리였다! 그들이 파리에 발을 디딘 것이다!

오데마는 그랜드 호텔에서 가장 멋있는 방에 들었다. 수많은 모조 다이아몬드 속에 박아 넣은 자수정처럼 시퍼렇게 벵골의 푸른빛을 발하는 오페라 광장을 여왕에게 바치고 싶었던 것이다. 30분 후, 그들은 채비를 갖추고 시내에서 가장 후진 지역에 있는 투르 다르장에서 식사를 했다. 그들은 유명한 주방장이 만든 124,715번째 오리를 먹었다. 그 번호표가 붙어있는 영수증을 받자 마치 파리 시민으로 인정받은 것 같아 즐거웠다. 서로 앙숙이었던 종족의 대표였던 두 사람은 이 갈리아[123]의 오리 피에 힘입어 이제 친교를 맺자고 안달이었다.

이때부터 오데마는 여기에서 뭔가 역사적인 일을 하게 되리라는 사명감을 느꼈다. 바로 내일 프랑스의 주요 인물들에게 자신을 소개하는 서신을 보내야지.

---

123 고대 로마인이 갈리아족이라고 부르던 켈트족이 살던 지역으로, 북이탈리아·프랑스·벨기에 일대.

그렇다고 이 현란한 니네베의 심원한 비밀들을 배우지 못한 채 이 밤을 그냥 흘려보낼 수는 없었다. 오데마는 베를린에서 파리 유흥의 전문가들이 적어준 여러 주소들을 꼼꼼히 살펴보았다. 그는 제국의 내로라하는 사업가들이라면 모르는 사람이 없는 폴리베르제르 술집과 라 모르[124]를 제치고 르 샤바네를 선택했다.

오데마는 택시를 불러 짐짓 자신 있는 목소리로 운전사에게 "샤바네로!" 하고 지시했다. 마침 운전수는 러시아 대공도 이탈리아 탈영병도 아니었으며, 파리의 그르넬[125] 구 출신의 순직한 가정적인 사내였다.

그가 조용히 물었다. "파시[126]에 있는가요? 너무 먼데요."

"샤바네 말이야!" 오데마가 외쳤다. 그는 기사가 무엇을 걱정하는지 알지 못했다.

"아, 새로 생긴 호텔인가요? 무슨 거리에 있는데요?"

오데마는 화가 남과 동시에 부끄러웠다. 여자 앞에서 곤경에 처했기 때문이었다. 이렇게 난처할 수가!

이런 참에 데우스 엑스 마키나[127]처럼 한 남자가 어둠 속에서 나타났다. 평화로운 강가를 수줍게 흘러가는 센 강에서 올라왔는데 진주색 장갑과 행전까지 나무랄 데 없는 차림이었다. 그는 오데마 일행에게 허리

---

124 Rat Mort. '죽은 쥐'라는 뜻으로 몽마르트르의 전성시대를 주도한 카페.

125 프랑스 최신 유행의 발상지인 생제르맹 데 프레 지역에서 가장 화려한 거리 중 하나.

126 센 강 서쪽 끝자락에 자리하고 있는 파리의 큰 자치구로 주거단지, 스포츠 시설, 공원 등이 있다.

127 Deus ex machina. '기계 장치로 (연극 무대에) 내려온 신'이라는 뜻. 고대 그리스 비극에서 주로 쓰인 연출법으로, 작품에서 결말을 짓거나 갈등을 풀기 위해 뜬금없는 사건을 일으키는 장치다.

를 굽혀 절을 하고 자신을 소개했다. "뢰벤찬 남작입니다!"

그러면서 흠잡을 데 없는 독일어로 말했다. "이렇게 어려운 걸음을 하시는데 제가 도와드려도 될는지요."

"레스토랑을 나오다가 귀하의 말씀을 들었습니다. 원하신다면 제가 안내해 드리지요. 파리를 경험하고 싶으신 모양인데 운이 나빠 이곳 출신의 운전사를 만나셨지요. 외국인들만이 이 비밀스러운 도시를 알고 있습니다. 대로에서 100명을 불러 세우면 97명이 외국인입니다. 프랑스인 세 명 가운데 두 명도 엘자스의 뮐루즈에서 온 사람이지요. 아까 그 친구는 수도에 샤바네라는 거리가 있다는 것을 들어본 적도 없고 샤바네라는 단어도 모를 것입니다. 여기서 우리가 무인도처럼 생각하는 구역으로 밤에 비로소 깨어나지요. 프랑스 사람들은 늦어도 아홉시 반이면 모두 잠자리에 듭니다. 소문과 달리 이들은 일에 성실한 사람들이지요."

뢰벤찬 남작이 몸을 돌려 어둠 속에 대고 뭐라고 외치자 안을 금빛 비단으로 치장한 자줏빛 리무진이 나타나더니 보도 옆에 섰다.

오데마와 이르메린데는 이 신사의 앞에 있는 것이 난처했다. 간단한 여행복 차림이었기 때문이다. 그도 그럴 것이 그들은 아드리아 해에 있는 소유지를 찾아가는 중에 이곳에 들렀을 뿐이었다. 오데마에게는 영국제 레저복과 짧은 바지, 초록색 셔츠, 고무창을 댄 신발, 그리고 펠트모자뿐이었다. 펠트모자는 바로 베를린에서 주목을 받았던 진짜 보르살리노 제품이 분명했다. 이르메린데는 남자 모자지만 오목하게 눌러써 나름대로 한껏 멋을 부렸다. 거기에다 담황색 부인복 밑에 세탁 가능한 블라우스를 입었다. 스탠드칼라에는 좁은 검정색 넥타이가 매어져 있었는데 그녀의 아버지가 황제의 생신일마다 매었던 것이었다.

그러나 뢰벤찬 남작은 독일 사람이었다. 그는 아무것도 이상하게 여기지 않고 예의를 갖춰 두 외국인을 리무진 좌석에 안내했다. 그제야 오데마도 선조들의 예법에 따라 행동해야겠다고 느꼈다. 그는 차렷 자세로 발꿈치를 붙이며 자신을 소개했다.

"루체르타 공자요!"

그는 가명 같은 것은 생각지도 않고 마지막 순간에 떠오른 대로 말했다. 얼마나 낭랑한 목소리였던가! 남작은 압도된 표정이었다. 그 결과 오데마는 나중에 금화 10프랑을 더 지불해야만 했다.

리무진이 움직였다.

남작이 "그럼 샤바네로 모시겠습니다." 하고 말했다. "프랑스 여자, 그들의 매끈한 몸매, 날씬한 종아리를 보고 그들의 재치 있는 대화에 감탄하려고 파리에 오신 것 같군요. 이미 말씀 드렸듯이 이런 부류의 인간들은 이 세상에 많지 않습니다. 파리 사람들은 퇴직자처럼 물러나 살지요. 다행히 저를 만나셨는데, 저는 최고의 프랑스 여자들을 만날 수 있는 곳은 어디든 출입할 수 있습니다. 제가 모시고 가는 곳에서 서구 문명의 부드러운 꽃을 보시게 될 것입니다. 꽃은 시들기 마련이지만 또 그래서 매력적인 것이 되지요. 자, 벌써 다 왔습니다! 주인은 저와 아주 친한 여자 친구들 가운데 하나지요. 제가 소개하겠습니다."

뢰벤찬 남작이 차에서 뛰어내려 이르메린데에게 팔을 내밀었다. 그러고서 두 사람을 조심스럽게 호텔 응접실로 데려갔다. 호텔은 작지만 나름대로 호감이 갔다. 남작이 루체르타 공자와 공주라고 소개하자 검은 옷을 입은, 썩 젊지 않은 숙녀가 기품있는 태도로 다가와 이들을 엄숙하게 맞이했다. 그런 다음 흑인 소년이 그들의 코트를 받아들었을 때 뢰벤

찬이 오데마를 한쪽으로 데리고 가더니 "공자님, 500프랑입니다!" 하고
말했다.

　이렇게 예의의 격식을 갖춘 말을 듣자 오데마는 매우 기분이 좋았다.
결국 그는 상황에 맞게 처신할 수밖에 없었다. 그러자 남작이 재빨리 사
라졌다.

　수정처럼 반짝이는, 18세기 오리지널 가구로 꾸며진 넓은 방이 나타
났다. 넋이 빠진 오데마 일행에게 주인인 드 라 바텔리에 마담이 세귀르
공작부인이 그들 담당이라고 넌지시 알려주었다. 곧 아주 젊은 여자들
이 그들을 에워쌌다. 한 여자는 검은 담비 망토를 걸쳤으며 그 밑에는
아무것도 입지 않았다. 그녀는 자신을 오를레앙 예심판사의 부인으로
자유를 갈망하는 여자라고 소개했다. 무도회 의상 차림의 두 번째 여자
는 수줍음을 탔는데 수많은 승리를 거둔 장군의 딸이었다. 점잖은 아낙
으로 갇혀 살다가 바야흐로 멋진 삶을 찾고 있었다. 첫째 여자는 그 자
리에서 이르메린데에게 홀딱 반했다. 그녀의 싱싱한 피부, 금발의 곱슬
머리에 열광하며 일드프랑스 주[128]에서 그녀보다 더 매력적인 다이아나
는 결코 찾을 수 없을 거라고 말했다. 이르메린데는 하늘을 나는 기분이
었다. 파리에서 독일여자인 그녀를 이렇게 정겹게 맞아주다니! 정말 멋
진 사람들이야!

　한편 장군의 딸은 오데마의 무릎에 앉아 독서중인 마르셀 프루스트[129]
에 대해 잠시 가르치고 있었다. 그녀는 오데마가 그 작가를 모르는 것을

---

128 중심 도시는 파리.

129 Marcel Proust, 1871~1922, 프랑스의 소설가. 대표작은 『잃어버린 시간을 찾아서』.

보고 그를 위해 프루스트를 "프랑스 시민계급 최후의 역사가"라고 멋지게 정의를 내리고는 "그의 뒷사람은 그야말로 처음부터 시작해야 될 걸요." 하고 말했다. 그녀는 망사 밖으로 튀어나온 가슴을 여미며 "그는 심리학을 절정에 올려놓았거든요. 그의 후계자는 새로운 사실주의를 창조하든지, 아니면 이게 더 간단할 것 같은데요, 낡은 자본주의 지배를 물리치고 새로운 사회를 세워야만 할 거예요. 소설에서도 이런 사회를 새 주제로 다룰 거예요."

두말할 것 없이 오데마는 이런 식견을 지닌 드니즈 드 M.이 사랑스러워 안달이 날 지경이었다. 이윽고 세 사람 모두 위로 올라가 방탕과 우아함, 재치가 넘치는 밤, 그야말로 완전한 파리의 밤을 보냈다. 까놓고 말해 "파리의 생활"에 몰두한 독일인이라면 누구나 상상하는, 온갖 것이 다 동원된 광란의 축제였다.

다음날 아침 오데마는 두 민족이 영원한 우정을 나누며 화합해야겠다고 다짐했다. 이렇게 우아하게 두 원수를 맞아준 프랑스 민족에게 그는 몹시 감동했다. 독일의 공식 대표는 눈에 띄지 않는 곳에 숨어 나타나지 않았기 때문에 오데마는 도덕과 지성을 겸비한 대사와 같은 태도를 취했다. 문득 가슴속에서 평화주의가 넘쳤으며 일 분도 잃지 않고 그것을 실천하고 싶었다. 눈앞에 펠러베[130], 랑제방[131] 교수, 페르셍 장군과 많은 문인들에게 보낸 여러 가지 소개편지를 펼쳐놓았다. 이 인물들과 친분이 있는 신문사 주필들에게서 받은 편지도 몇 통 와 있었다. 이들에

---

130 Paul Painlevé, 1863~1933, 프랑스 수학자이자 정치인.

131 Paul Langevin, 1872~1946, 프랑스 물리학자.

게 그들에 관한 신문기사를 보내준 데 대한 답장이었다. 소르본에 있는 그들의 옛 제자들에게서 온 것도 있었고 현직 장관 비서의 머리를 다듬어준 전문이발사의 편지도 있었다. 오데마는 먼저 아나톨 프랑스[132]를 만나기로 마음먹었다. 가장 나이가 많고 유명하기에 그 누구보다 먼저 방문해야 할 인물이었다.

열한 시, 오데마와 이르메린데는 위대한 작가를 만나보려고 사이드 빌라에 왔다. 이 무정부주의적인 대가의 서재에는 이미 손님들이 와 있었으며 그는 아주 정중한 태도로 새 방문객을 맞았지만 오데마 박사에게는 말 한마디도 꺼낼 기회도 주지 않았다. 그는 반항적인 단어를 사용하며 프랑스 아카데미에 대한 일화를 계속했으며 예의상 녹색 제복에 차고 있는 칼에 대해 설명했다. 그는 그 자리에서 손님들에게 보여줄 셈인지 "그런데 그 검을 어디에 두었지?" 하고 물었다. 그는 비서와 하녀를 불렀다. 집안 구석구석을 뒤져 마침내 광에서 귀한 무기를 찾았다. 검은 주인이 오랫동안 쓰지 않아 녹이 슬어있었다. 역사적인 의미가 있을 것도 같은 이 장면을 오데마는 직접 목격할 수 있었다. 그는 아나톨 프랑스가 자신의 전설을 만들어내는 재주가 뛰어나다는 것을 잘 알고 있었다. 이 문호가 자신의 명성을 듣고 찾아온 순례자들을 보내려고 일어설 때 오데마가 더듬더듬 국제주의 어쩌고 하며 상투적인 말을 늘어놓았지만 이 말들은 존경하는 자유 문인이 아름다운 이르메린데에게 작별 인사를 하며 정중하게 손에 들고 있는 추기경 모자 속으로 쏟아졌다.

이어서 그는 오데마에게 다음과 같이 간결하게 대답했다. "프랑스와

---

132 Anatole France, 1844~1924, 프랑스 소설가.

독일이 서로 만나 사귀다 보면 결혼할 수도 있다. 그러나 사랑은 서로 전혀 모를 때 할 수 있다." 오데마는 시내로 돌아오는 길에 먼저 유명한 작가가 독일 평화주의자에게 인터뷰를 수락했으며 이것으로 두 민족의 친선이 상당히 잘 이루어지고 있다는 내용을 베를린 통신사에 전보로 보냈다.

오후에도 오데마는 자신의 '사명'을 수행하며 계속 돌아다녔다. 다른 명망가들도 이 예민한 문제에 대해 자신의―아주 사적인―견해를 전하고 싶어 했다. 오데마는 '평화주의'가 어떤 의무도 지지 않은 채 환상만을 키운다는 사실은 잘 알지 못했다. 그는 작은 잡지 사장이 그를 맞아주며 "가볍게 식사"나 하자고 평범한 음식점에 초대하자 몹시 기뻐했다. 그는 그곳에서 지역의 별미인 뵈프 부르기뇽[133]와 쁘띠 스위스[134]를 맛보았다.

그는 이르메린데에게 저녁에 파리의 하층민이 사는 곳을 찾아가 보기로 약속했다. 그는 너무 큰 위험에 처하지 않고 진짜 '아파치족'을 꼭 만나보고 싶었다. 그는 프랑시스 카르코[135]에게 전화해 먼저 그의 작품을 독일어로 번역하고 싶다고 말하고는 자기네와 함께 그가 잘 아는 그림처럼 아름다운 구역에 가보자고 했다. 그 소설가는 젊고 친절했다. 그는 오데마의 제안을 받아들였으며 자신의 숭배자를 라페 거리로 데려갔다. 그곳에는 카페와 술집들이 줄줄이 이어져 있었으며 모두 '발(Bal)'이라고 불렸다. 전자피아노가 흑인의 북소리보다 더 거칠게 쿵쾅거리며 자바

---

133 쇠고기·양파·버섯 따위에 붉은 포도주를 섞어 만든 음식.

134 프랑스산 크림치즈.

135 Francis Carco, 1886~1958, 프랑스 작가.

음악을 연주했다. 빛이 화려한 술집으로 들어가니 한 쌍이 시내 댄스홀에 비해 매우 얌전하게 춤을 추고 있었다. 카르고가 손짓으로 두 젊은이를 테이블로 불렀다. 화장품으로 떡칠이 된 해쓱한 얼굴에서는 검고 긴 눈썹으로 에워싸인 눈이 묘하게 반짝이고 있었다. 두 사람 가운데 어린 아이가 계집애처럼 수줍은 목소리로 친구 자노가 술집 주인과 짜고 자기를 속인다며 그가 오늘밤 집에 함께 가지 않으면 그를 죽일 거라고 말했다. 자노는 웃으며 달리 할 일이 없는지 오데마의 손을 두 손으로 쥐고 만지작거렸다. 이르메린데는 두 사람의 핑크색 넥타이와 붉은 입술을 놀란 눈으로 바라보고 있었다. 그러는 동안 프란시스 카르코는 재주 많은 두 배우들이 즉흥으로 연기하는 촌극을 실컷 즐겼다.

오데마와 이르메린데는 이제 대문호에서 시작해 아파치까지, 생트 샤펠에서 라팽 아질까지 파리를 섭렵했으며 아울러 유럽 문명에까지 큰 공헌을 했다고 생각했다. 그래서 마침내 루체르타 공자와 공주가 되어 오리엔트 특급[136]을 타고 그들의 환상의 섬으로 향했다.

그들은 중요하지만 무상하기 그지없는 사건들을 뒤로하고 이제 드디어 순수하고 영원한 자연, 참된 자아로 돌아가고 있었다. 올리브 나무 아래 유유자적하는 현인으로, 최초의 인간이 발가벗은 몸으로 햇볕을 쬐며 사는 삶. 독일인의 기질은 오직 최상의 것에서만 편안하게 느꼈다. 독수리처럼 형이상학적인 구름에 싸여 날아오르거나 아니면 현실에 속박된 채 저항하지 않는 지렁이였다. 독일인의 기질은 이런 식으로 이중

---

136 1883년부터 1977년까지 파리와 이스탄불 사이를 운행한 호화 열차.

운명에 순응하며 이것은 독일 문화와 철학에도 나타난다.

　오데마는 일시적이나마 심각한 몰락의 단계를 통과했으며 그러는 동안 변신에 변신을 거듭했다. 순박한 대학생, 중세의 신비주의자, 확신에 찬 군인, 열렬한 혁명가, 인플레이션 시기의 투기꾼, 푸른 꽃을 쫓는 낭만주의자, 도박장 사기꾼, 정열적인 애인…… 그에게는 천사와 악마, 세속적인 것과 지적인 것이 동시에 존재했다. 그 때문에 그를 아는 사람들은 그를 카사보나롤라(Casavonarola)라고 불렀다. 다시 말해 바람둥이 카사노바(Casanova)와 이상주의적이며 신비주의적인 혁명가 사보나롤라(Savonarola)[137]가 한데 어우러진 존재라는 것이다. 이제 그에게 새로운 시기, 즉 단념과 겸손의 시기, 대 통일체의 품속에서 관조와 휴식을 즐기는 시기가 찾아왔다. 그는 사람이 손대지 않은 섬에서 살며 나무, 꽃, 동물, 구름을 자기 것이라고 할 것이다. 그리스 또는 동양의 이상이 그를 재촉했다. 그가 꿈꾸는 천국에서 그는 목신으로서 완벽한 여인 님프의 숭배를 받을 것이다.

　기차를 탄 지 서른여섯 시간 만에 오데마와 이르메린데는 달마티아[138] 해변의 한 포구에 도착했다. 바위산에 붙은 가난에 찌든 더러운 마을 하나가 그들을 시큰둥하게 맞았다. 주민들이 집문 앞에 삼삼오오 모였다. 이들은 미심쩍어하는 표정을 지은 채 속을 알 수 없는 눈으로 갑작스레 도착한 두 이방인을 노려보며 그 일에 대해 이야기를 나누었다.

　방파제에 이르자 이 귀족 부부의 눈앞에 멋진 수평선이 펼쳐졌다. 바

---

137 1452~1498. 이탈리아의 종교 개혁자.
138 크로아티아의 아드리아 해 연안.

닺가에는 이 지중해 항을 지키는 함대인 어선 세 척과 작은 증기선 한 척이 흔들대고 있었다. 방파제는 서로 예각으로 마주하고 있었으며 그 사이로 바다가 보였다. 해가 오렌지처럼 구름 밑에 매달린 채 부드러운 비단으로 만든 부채살 모양으로 장밋빛을 바다 위에 쏟아냈다. 그리고 아주 멀리 북쪽에서 부표만큼 작고 칙칙한 섬이 보였다. 오데마가 외쳤다.

"저기를 봐! 저기 저! 바로 저거야! 저거라고!"

그는 바다에 침을 뱉으며 어정대고 있는, 죽은 니콜라이 왕[139]과 놀라울 정도로 비슷하게 생긴 노인에게 손짓을 했다. 그가 다가오는데 너무 빛이 환해 눈이 부신 듯 눈을 찡그렸지만 속으로는 웃고 있었다. 빛은 이르메린데의 머리칼에서 반사된 것이었다. 오데마가 섬을 가리키며 물었다.

"이졸라 루체르타?(루체르타 섬이요?)"

달마티아 주민이 고개를 끄덕였다.

그러자 오데마가 높은 목소리로 대답했다. "이오 소노 일 프린시페!(나는 공자요!)" 오데마는 여행 중 이곳 사람들은 귀족을 보면 땅 위에 엎드릴 거라고 상상했는데 노인은 그리하지 않고 계속 속으로 웃기만 했다.

"나는……." 하고 섬의 소유주가 재차 큰 소리로 말했다. 하지만 노인은 잘 알아들었으면서도 짐짓 아무 반응도 보이지 않았다. 게다가 두 사람은 서로 다른 말을 사용했기 때문에 비록 되도록 쉬운 말로 표현했어도 전혀 이해하지 못했다. 하는 수 없이 오데마는 배로 자신의 땅에 갔

---

139 1841~1921. 몬테네그로의 왕.

으면 좋겠다는 뜻을 설명하기 위해 다양한 손짓발짓을 동원했다. 오데마가 돈뭉치를 노인의 눈 앞에 들고 흔들어보이자 비로소 그는 그 뜻을 알아챘다. 그는 바로 자리에서 일어나 배를 띄우려고 했지만 뭔가 어려움이 있는 것 같았다. 그동안 그곳 주민 대다수가 포구 앞에 모여 오데마 일행을 바라보았는데 오데마가 보기에 공손한 표정이었다. 그는 정복자처럼 어깨 망토를 두른 채 몸을 곧추세웠다. 이르메린데는 초조해하며 지친 모습으로 발을 굴리며 말했다.

"이 나라에서 공주 노릇하는 게 영 편치 않네."

드디어 노인이 배를 타고 나타났다. 하지만 그 원시적인 모양을 보건대 고급형 페니키아 배에도 속하지 못하는 것이었다. 뿐만 아니라 배를 젓는 방식도 지난 오천 년 동안 발전하지 않은 것 같았다.

몇 차례 세차게 노를 젓는 소리가 나더니 곧 앞바다였다. 처음에는 섬이 살찐 포르투갈 굴처럼 보였다. 그러다 점점 커졌지만 잿빛 바위섬으로 오데마가 멀리서 애써 확인한 숲 그늘은 사막의 신기루 같은 것이었다. 바위들은 섬에 가까워질수록 사납고 가파르게 보였다. 나무 한 그루, 완만한 언덕 하나 없었다. 어렴풋한 절망감이 새 주인을 사로잡았다. 오백 미터 거리에 이르자 그는 눈을 감은 채 아무것도 보려 하지 않았다.

노를 젓던 노인은 속으로 웃기만 했다.

마침내 그들은 좁은 자갈투성이 바닷가에 닿았다. 바닥은 축축하고 갈라진 틈이 많았다. 노인이 땅 위로 뛰어내려 배를 정박했다. 그러고서 두 사람을 바위틈에 난 오솔길을 거쳐 번득번득한 암반 위에 자리 잡은 골짜기를 지나 섬의 중심부로 데려갔다.

완만하던 오솔길이 갑자기 낭떠러지 위로 이어지며 점점 위태위태했다. 세 사람은 섬에 도착한 뒤 말 한마디 하지 않았다. 그런데 맨 먼저 바위 등성이에 도착한 이르메린데가 외마디 소리를 냈다.

넓은 초록빛 계곡이 햇볕을 받고 있었는데 온통 흰색과 노란 꽃으로 덮였고 군데군데 실측백나무가 박혀있었다. 섬의 다른 쪽 끝, 약 1,800미터 아래의 바닷가 풍경이었다. 낙원이었다. 커다란 나비들이 날개를 반짝이며 화환을 만들고 있었다. 맹금류 한 마리가 천천히 위엄을 갖추더니 용수철 모양의 곡선을 그리며 하늘로 날아갔다. 밑에서는 개울이 금으로 된 큰 독사처럼 구불구불 이어졌다.

오데마는 이 모든 것이 그녀의 선물이라는 듯 이르메린데의 하얀 손을 잡아 자신의 입술에 갖다 댔다. 그러나 그들에게는 이 멋진 풍경을 오래도록 바라볼 인내심이 없었다. 그들은 가능한 한 빨리 소유하고 관리하고 만져보고 싶었다. 그래야 비로소 정말 그곳에 왔다는 생각이 들 것 같았다. 그들은 양탄자처럼 깔린 보라색 에리카[140]를 밟고 계속 달려갔다. 곧 여자의 치마가 가시 박힌 딸기나무 가지에 걸렸다. 그녀가 손을 뻗어 꽃을 따려고 하자 잘 보이지 않는 화관에서 누런 고름이 나왔다. 또 아라베스크처럼 바위를 장식하고 있던 독사 한 마리가 흠칫대며 마구 식식거렸다. 드디어 계곡 밑에 두 사람이 도착해 보니 온통 진흙이었다. 겉보기에 그토록 아름답게 초록빛을 내며 반짝거렸지만 땅은 병들고 독이 있었다. 앉자마자 모기떼가 날아올라 터번 모양을 이루고는 머리 주위에서 윙윙댔다.

---

140 진달래과 에리카속의 통칭.

"어디 쉴 만한 데가 없나요?" 이르메린데가 물었다. 그녀는 불안한 데다 몹시 피곤했다.

"천국이 따로 없군!" 오데마는 입을 다물었다.

"배가 고파요!" 여자가 투정했다.

이 섬의 주인인 루체르타 공자는 아름다운 아내에게 샌드위치 하나 내놓을 수가 없었다.

"40달러였지!" 하고 생각하니 그는 속이 쓰렸다. "비싸게 준 거야, 그렇지? 러시아제 장갑 순양함 한 척을 샀으면 벌이가 더 좋았을 거야. 지금 베를린에 있다면 매물로 나온 황태자의 저택을 살 수 있을 텐데. 거기라면 뜰에서 순무라도 볼 것 아냐!"

하지만 그는 독일에 대한 향수가 있다는 것을 내색하지 않았다.

어부가 그의 어깨를 두드려 그를 명상에서 깨우고는 시간이 늦어 돌아가야 한다고 암시했다. 오데마로선 이 끔찍한 천국을 떠나라고 한 그가 고마울 지경이었다. 우선 여기서 나가는 게 좋겠어. 한 마디로 실재하는 꿈, 진짜 바위와 우거진 나무들을 초목들이 있는 만지고 걸어볼 수 있는 환상을 산 것이었다. 하지만 그것은 자신이 밤에 꾸는 꿈과 공상보다 가치가 없었다.

노인은 바위 허리를 감싼 다른 오솔길을 통해 손님들을 배 있는 데까지 데려갔다.

다시 포구에 도착해 알아보니 이르메린데와 오데마가 묵을 수 있는 곳은 마을 여인숙 한 군데뿐이었다. 조그만 어부의 집은 밖이 온통 핑크색으로 칠해져 있었다. 위층에는 방이 두 개 있었으며 여행객에게 세를 주었는데 회벽에는 맞아죽은 모기와 뭉개진 빈대의 시체로 장식되어 있었다. 방 하나는 스스로 제독이라 부르는 늙은 장교가 차지한 채 축소된 형태로 포구 사령관직을 수행하고 있었다.

공자와 공주는 할 수 없이 다른 방에 자리 잡았다. 안에는 소화 펌프가 있었으며 벽에는 타르노폴 점령[141]을 묘사한 달력이 붙어있었다. 두 사람은 잠을 청하는 대신 어떻게 하면 웃음거리가 되지 않고 베를린으로 돌아갈까 궁리했다. 그러나 오데마가 다음날 아침 창문을 열자 아침 노을을 받아 자기 소유인 섬이 보석함에 든 것처럼 불그레한 진줏빛을 띠고 있었다. 그는 여기에 머물러 자신의 꿈을 활용해야겠다고 결심했다. 그곳에 귀한 광천이나 금광이 될지도 모르잖아? '소중한' 계곡을 개발하고 그곳에 뭘 지을 수 있지 않을까?

아니면 영화사에 섬을 영화촬영지로 세줄 수도 있을 텐데? 물론 주연은 이르메린데가 맡고!

그는 이르메린데에게 자신의 멋진 계획을 자세히 알려주려고 깨웠지만 그녀는 깊이 잠이 들어있었다. 그는 그녀를 깨우지 않으려고 발끝으로 걸어서 방을 나왔다. 그는 노인을 불러 다시 한 번 섬으로 가자고 했다. 건너가는 데 40분이 걸렸다. 그는 홀로 자기 소유물의 중심으로 들어가 사방을 재어보고 스케치한 다음 종이 한 장에 흙 한 줌을 담았다.

햇살과 새로운 계획에 도취되어 그는 올리브 나무 그늘에서 쉬었다. 태양과 그의 계획의 결합은 그야말로 환상적이었다. 잠시 조는 틈에도 시의 한 구절이 떠올랐다. 순도 100퍼센트의 금의 남성운[142]으로 된 씩씩

---

141 우크라이나 서부 도시로 1944년 3~6월에는 2차 세계대전의 접전지였다.
142 각운이 강음으로 끝나는 운.

Ossip Zadkine, Yvan Goll.

한 시구였다. 누가 이 시구를 인용했더라? 반더, 빌헬름 반더였다. 슈테판 게오르크의 시를 알려주면서 그랬지. 그래, 그래. 이 섬은 어촌 앞바다에 있다. 그러니 거룩한 고요와 비가처럼 애잔한 고독, 이 모두가 지치고 위축된, 지나칠 정도로 문명화된 인간에게 새 힘을 주기에 그야말로 안성맞춤 아닌가? 노쇠한 유럽에 신물이 난 바로 그 사람들이 이 숭고한 자연에 새로운 공동체를 이루어 완전한 재출발을, 원초적인 무구의 상태로 돌아가 행복을 추구하는 이상을 구현할 수 있지 않을까?

오데마는 벌떡 일어나더니 곧장 포구로 돌아가려고 했다. 이곳에 새로 사랑과 노동의 나라를 건설하라고 반더, 웁실론 그리고 그들 친구들에게 전보를 보내려는 것이었다. 이 예언자들이란 자는 모두 놀려댔는데 이제는 그 자신까지 거룩한 열정에 사로잡힌 것이다. 전이나 지금이나 그는 독일인이었다.

오데마가 자신의 새로운 '생각'에 도취되어 돌아와보니 이미 정오가 지났다. 호텔 안팎은 양고기 굽는 냄새와 연무가 자욱했다. 그는 이르메린데가 방에 없는 것을 보고 깜짝 놀랐다. 아래 술청에 있던 주인은 처음에는 어깨를 움찔하다가 나중에 작고 교활한 눈짓으로 대답했다. 테이블에 웅크리고 있던 몇몇 어부들이 기침을 했다. 마침내 주인의 표정이 바뀌더니 포구를 가리키며 전과 다른 목소리로 말했다.

"일 아미랄레!"[143]

이 말과 공주가 사라진 것이 무슨 관계가 있는지 오데마가 알아서 해석하라는 것이었다. 이 순간 공자의 마음속에서는 운명적으로 만난 금

---

143 "Il amirale!"("제독이!")

발의 여인, 발키리 여신 행세를 했던, 빌머스도르프에 사는 우편배달부의 딸 이르메린데에 대한 믿음, 숫자 2와 순수한 자연에 대한 믿음이 사라져버렸다.

그녀가 볼 때 요트가 없으면 이 섬은 아주 의미가 없었다. 또한 떠들썩하게 유럽 종단 여행을 하는 바람에 오데마의 재산도 엄청나게 줄어들었다. 그러나 무엇보다 다시 베를린으로 돌아가 스웨덴식 펀치를 만들고 할머니가 쓰던 소파에서 자야 한다는 생각이 끔찍이도 두려웠다. 그래서 그녀는 오데마가 섬으로 가자 울적한 기분에 아주 쓴 커피를 한 잔 마시려고 술청[144]으로 내려갔는데 흰 바지와 금단추가 달린 웃옷 차림에 두꺼운 줄장식이 달린 모자를 쓴 제독이 그녀에게 자신의 기선을 타고, 즉 자신의 전 함대와 함께, 아주 가까운 큰 항구로 함께 나들이하자고 제안했다. 그녀는 그러자고 했다. 그들의 추억과 오데마의 고통을 생각하면 다음과 같은 말을 덧붙일 수밖에. 그녀는 문제의 항구가 열흘이나 걸리는 곳에 있다는 것과 그녀가 영영 돌아오지 못하는 길을 떠난다는 것을 알지 못한 채 배에 올랐다고 ······.

---

144 술집에 있는, 널빤지로 만든 긴 탁자. 또는 그런 탁자를 두고 술을 마시는 곳.

오데마 뮐러가 베를린으로 돌아와 보니 세상의 모습이 변해 있었다.

종이 눈은 녹아 없어졌다. 기존의 달력에는 예고되지 않은 일이었지만 종이 눈은 고통의 시기 동안 독일을 덮었다.

이제 하늘에는 납이 아니라 가벼운 비단이 드리워져 있었다. 건물들도 악몽에서처럼 거리 위로 기울어 있지 않았으며, 다리도 젖은 마분지로 만들어진 것처럼 무너지지 않았다. 이제 거리를 다니는 사람들도 살인자나 예언자처럼 보이지 않았다. 카니발을 없애버렸는지 아틸라[145] 마스크나 그리스도의 수염 차림도 보이지 않았다. 오데마가 타지에 머물며—아주 어쩌다가—독일을 생각할 때면 어린 시절처럼 아득히 먼 곳에 있는 나라, 장난감 나라가 떠올랐는데 그곳에서는 버스, 교회, 기병뿐만 아니라 구름과 태양 그리고 비까지도 종이로 되어 있었다.

그런 까닭에 그는 역에서 나오면서 눈을 비볐다. 광장은 아주 깨끗했

---

145 5세기 전반 유럽에서 세력을 떨친 흉노족의 왕.

으며 사방에 호텔들이 꼿꼿이 서 있었다. 교통량이 많은 곳에 게시된 경찰 규칙에 맞게 오른쪽으로 걸어가는 백 명쯤 되는 사람들의 얼굴에도 피곤한 기색이라곤 없이 여유가 있었고 신뢰감을 주었다.

광장 가운데에는 헬멧을 쓰고 갑옷을 입은 새로운 신이 통통한 말에 탄 채 높은 데서 위풍스레 굽어보고 있었다. 경찰관 한 명은 깨끗한 흰 장갑을 낀 채 손짓을 하고 있었는데 베를린 사람이 아니라 화성인들과 비밀 신호를 주고받는 것 같았다. 그는 가솔린차의 신이었다. 손짓 한 번에 수천 명의 행인과 방금까지 달리거나 통통 소리를 냈던 차들이 그 앞에서 공손하게 멈춰서더니 기도하기 위해 명상에 잠긴 듯한 태도를 취했다. 얼마 후에 예수 부활 뒤의 종소리처럼 짧게 호루라기 소리가 나자 다시 소란이 시작되었다.

오데마가 얼떨떨해 하다가 다시 고개를 들고 보니 경찰이 그에게 프리드리히 거리 쪽을 가리키고 있었다. 그는 순순히 그곳으로 갔다. 새 운명이 그에게 보여주는 길이 틀림없었다.

오 즐거움, 놀고먹는 낙원이 보인다! 그의 앞에는 건물 기도실에 소시지와 금을 입힌 청어가 산더미처럼, 마요네즈가 바다처럼 그리고 휘핑 크림이 구름처럼 쌓여있는 아싱어[146] 건물이 우뚝 솟아있었다. 이 또한 독일의 한 모습이었다. 조국을 다시 발견한 것이다.

연기가 자욱한 맥주공장에는 감미롭고 진한 갈색 바커스[147]가 콸콸 흘렀으며 알프스 샘처럼 거품이 일었다.

---

146 1892년에 설립된 외식업체.

147 원문은 Triumphator로 승리자란 뜻. 그리스어 thriambos는 술의 신 바커스의 별명.

이렇게 걱정과 함께 새로운 희망을 가득 안고 오데마 뮐러는 다시 대학에 갔다. 전쟁과 혁명 그리고 인플레이션으로 중단했던 공부를 다시 시작해 로스비타 수녀와 독일 드라마의 탄생을 주제로 박사논문을 마무리하려는 것이었다.

혁명가 클럽

상류사회의 삶과 의무에서 벗어나려고 오데마는 가끔 혁명의 옹호자인 베르텔에게 갔다. 그는 항상 열린 마음으로 그를 맞았으며 식탁 또한 풍성했다. 그는 고독의 기쁨을 몰랐다. 친구들이나 모르는 사람들이 밤낮 없이 그의 심문을 드나들었다. 테이블이나 벽난로 위의 선반에는 뚜껑을 딴 맥주나 화주 병, 열어젖힌 정어리 통조림, 훈제 소시지, 버터와 호밀빵이 늘 놓여있었다. 그에겐 털이 하얗고 주둥이가 붉은, 귀가 먹은 페르시아 고양이가 있었는데 날마다 비싼 코티 회사 기름을 칠해주었다. 또 몸 한 가운데부터 꼬리까지 털이 다듬어진 삽살개 한 마리도 있었다. 동지들이 집에서 나가면 바로 두 녀석들이 나와 뒤풀이를 했다.

베르텔은 혁명 기록 책임자였다. 그의 방에 들어갈 때마다 그는 늘 책상에 앉아 신문 기사를 잘라내고 있었다. 사람이 보이지 않을 정도로 눈처럼 수북이 쌓인 일간지들에 파묻혀 그는 서류철을 하나씩 채워갔다.

그는 현대사를 집필하고 있었던 것이다. 자신의 손으로 빚은 작품이 커지면서 마치 손으로 약동하는 생명을 만드는 듯한 기분이 들었다. 방의 네 벽은 서류철로 도배되었는데 배면이 붉은 것은 혁명당원에 가해진 살인사건에 관한 것으로 방의 세 면을 차지했다. 배면이 검은 것은 희생된 반동자 살인 관련 자료였다. 그로서는 눈앞에서 혁명이 거꾸로 진행되는 것이 괴로웠다. 여기서 폭동가담자는 희생자가 되기 마련이었던 것이다. 무엇보다도 혁명은 상징적인 행위이며 민중의 환상을 사로잡고 본보기를 보여줘야 하는 것이다. 그런데 1919년에 제국의 가로등에 매달아 처형된 장군이나 상사는 한 명도 없었으며 그러기는커녕 이 백정들에게서 빌헬름 황제 수염을 깎아 뭉개거나 머리털 한 가닥 비틀리지 않았던 것이다. 몇 달 동안 힘겨운 싸움 끝에 빌헬름 가의 프록코트를 입은 자들이 다시 우위를 차지했다. 이제 이 공화국의 진정한 혁명가들이 서로 잡담을 나누고 나중에 상대방에게 비겁한 놈이라고 몰아붙이고 싶을 때 그렇게라도 할 만한 곳은 정치 클럽뿐이었다.

이 가운데 주로 시인, 작가, 의사 같은 순수 지식인들이 만나는 클럽이 하나 있었는데 그 때문에 사회민주당은 이곳을 매우 의심쩍은 눈으로 바라보고 있었다. 타우엔치엔 광장에 있는 한 작은 술집이 이들의 회합 장소였다. 한 전직 언론인과 만화신문화가인 그의 동생이 주인이었으며 혁명은 그곳의 손님이었다. 그 집은 음식뿐만 아니라 두 주인의 예리한 지성 또한 좋은 평을 들었다. 금요일 저녁에는 공개 토론회가 열렸다. 유명한 선동가이기도 한 몇몇 화가들이 발언자로 나선 덕분에 연기와 송아지 고기 및 프랑크푸르트 소시지 냄새가 가득한 홀에는 베를린 곳곳에서 속물들이 모였다. 연극이 끝나 무도회장이나 라인하르트 소속 한 연극배우가 몰래 운영하는 슈반에커 예술가 카페로 가던 발길이 끊어졌다. 이제는 혁명적인 논쟁에 참석하는 것이 격조에 맞는 태도였다. 쿠어퓌어스텐담의 멋진 숙녀들은 눈에서 외알 안경을 쳐들고 애인으로 삼을 인물을 찾았다. 그들은 불가사의한 마르크시즘 지식을 알게 하려고 은행가 남편들과 함께 왔다. 이들은 원래 이런 저녁 모임을 구상할 때 대상으로 삼았던 사람들보다 더 많은 지식을 집으로 가져갔을 것이다. 한마디 덧붙이면, 이제 혁명이란 말을 두려워하는 사람은 아무도 없었다. 무심코 혁명을 이상화함으로써 공격력이 다 소진되었던 것이다.

작품해설

1. 잊혀진 이반 골(Yvan Goll)

프란츠 카프카는 유대인이기에 온전히 기독교 세계의 일원이 될 수 없었고, 본디 유대교에 미온적이었던 까닭에 유대인이라 할 수도 없었으며 독일어로 말하고 쓰기에 온전한 체코 사람이 되지도 못했다. 이반 골의 처지도 이와 비슷하다. 그는 1919년 표현주의 시선집『인류의 황혼』에 기고한「인생행로」에서 다음과 같이 밝힌다.

> 이반 골은 고향이 없다. 운명으로 인해 유대인이 되었고, 우연으로
> 인해 프랑스에서 태어났으며 서류종이에는 독일인이라 적혀있다.
> 이반 골은 나이가 없다. (…) 그래서 현세적인 것에서는 가장 멀고
> 예술과는 가장 가까워질 것이다.

문학사적으로 그는 "예민한 감각과 날카로운 지성"의 소유자이며 잡지《행동》을 중심으로 표현주의 문학을 주도했다는 것 그리고 그의 아내 클레르와 서정시 창작에서 환상적인 "사랑의 듀오"를 이루었다는 점

이 두드러진다. 시인으로서 그는 운명적인 연인에게 "자신의 것과 거의 구별되지 않는 하나의 음성을 주었고" 클레어도 그의 "음색을 그대로 받아들였다." 이 일치의 상태는 클레어의 시 〈너-나〉에서 선명하게 드러난다.

> 우리는 꿈처럼 화려하다.
> 같은 빛으로
> 같은 황혼으로
> 별의 재로
> 태어나기도 전부터
> 우리의 존재는 하나였고
> 죽은 후에도
> 우리는 다시 서로를 찾으리라.
>
> ― 한스 노인치히: 『천재 천재를 만나다』 (장혜경 역, 개마고원 2003)에서 인용.

문학사에서는 이반 골을 표현주의 작가나 초현실주의 작가로 소개하는데 그의 파도타기 같은 삶과 시대 파악의 의지를 전제하면 그렇게 자리매김할 수도 있을 것이다. 그 개인을 중심으로 보면 그의 삶은 언제나 작품과 일치했다. 그가 「인생행로」에서 암시했듯이, 현세와의 거리와 고립 그리고 불안은 이반 골 문학의 삼대 영양소였다. 그러나 바깥 현실에서 볼 때 그의 작품은 틀에 갇혀 울림이 세상으로 전달되지 못하고 시골티를 벗지 못하는 것처럼 보였다. 이런 '울림의 상실' 또는 무반향은 일방적 또는 부정적인 평가보다 더 심각한 문제였다. 1918년 그는 자신의 소설에 대해 헛소리하는 자들뿐 아니라 자신과도 관계를 정리한다. 그리고 1925년을 전후하여 이반과 클레르는 새로운 장르에서 창작활동을 시도하지만 이 역시 문단의 관심을 받지 못했다.

이들이 새로운 길을 찾아 나선 것은 그 해에 영국·이탈리아·독일·프랑스·벨기에 사이에 로카르노(Locárno) 조약이 체결되고 바이마르 공화국이 안정을 찾으면서 프랑스와 독일의 화해 분위기가 형성된 사회적 변화와 관계가 있었다. 또 문화적으로는 표현주의가 신즉물주의에, 서정시가 소설에 윗자리를 내주는 시기였다. 클레르 골과 이반 골의 잇따른 소설 쓰기 또한 이런 변화와 맥이 닿아있는 것이다.

이런 시도에도 불구하고 골에게 달라진 것은 별로 없었다. 클레르와는 달리 이반 골의 소설은 초판 이후 재출간될 기미조차 보이지 않았으며 다른 문인이나 연구자들도 골의 산문 작품을 부업으로 여기고 거의 관심을 보이지 않았다. 잊혀진 작가들 또는 '무명의 시인'이라고 소개할 만한 것이다. 골은 시인으로서뿐만 아니라 소설가로서도 무명을 넘어 잊힌 것이나 다름없었다.

《문학세계》지에서는 골의 단편 「오이로고개」[1927]에 대해 "이것은 침몰하는 세상 한가운데마냥 무너지는 자리에 서서 삶의 의미를 속일 가능성이 있는 어떤 타협도 거부하는 인물의 아름답고 순수한 증언이다. 전후의 고달픈 시기에 흔치 않게 쓰인 지적 허무주의 찬가이다. (…) 도처에서 사람들에게 진부하게 느껴지거나 달갑잖은 진실들을 쏟아내는 이 고통스러운 불덩이를, 이런 분출을 못 본 체 하는데 놀랄 일도 아니다. 이 책은 일 년 전에 출간되었지만 아직까지 비평조차 없었다."라는 평이 실렸다. 그리고 이어서 "책은 냉철하지만 결코 지루하지 않다. 헤르만 헤세의 『황야의 늑대』와는 기본적인 성향마저 매우 비슷하다. 헤세의 소설은 훨씬 타협적으로 쓴 덕분에 최근에 큰 성공을 거두었던 것이다. 헤세나 골의 소설에서는 세심한 관찰이 미지의 세계로 빠진다. 그러나 골의 경우 이것이 급격히 이루어진다. 껄끄럽다.”라고 하면서 골의 작품을 헤세와 동일 선상에 놓는다. 그러나 자세히 보면 골의 작품세계는 심리적 묘사가 인정받는 문학보다 풍자성을 강하게 띠었던 회화와 겹치는 면이 많을지도 모른다. 골은 시 쓰기를 중단하고 산문을 쓴 이후에도, 파리에 살면서 파리 사람으로서 유럽 양대 수도의 온도를 재려고 한동안 규칙적으로 파리와 베를린을 오고갔다. 당연히 이반 골의 독특한 글쓰기 환경이 관심사가 될 수밖에 없는 것이다.

2. 소설 속의 독일과 독일인

■ 오데마 뮐러, 아르미니아, 반더

『소돔 베를린』의 주인공 '오데마'라는 이름은 게르만민족의 오딘 신을 떠올리게 한다. 그의 아버지는 튀링엔 출신의 산림감독관으로 "빌헬름 2세의 연설과 뵈클린의 그림을 가장 천재적이라 생각했고" 그의 서재는 "독일인이라면 모두가 신성시 하는" 고전들, "돌로 된 뮌헨의 킨들 양조장 맥주컵", "자전거 경주 우승컵"과 "사브르 두 자루, 펜싱 마스크, 물소가죽으로 만든 장갑, 대학생클럽 '아르미니아'의 모자, 비스마르크와 꼬리가 돌돌 말린 행운의 돼지가 장식된 담배 파이프"로 꾸며져 있다. 이런 아버지의 집에서 그는 감수성 높은 어린 시절을 보낸다.

오데마는 여기서 문화를 맛보며 즐겼다. 그는 여기서 발터 폰 데어 포겔바이데의 종달새 소리와 그르블로드의 북소리를 번갈이 들었으며, 주술 같은 에다 시를 음미했고 나이에 맞지 않게 클롭슈토크의 문장을 읊조렸다. 헤르더와 헤겔을 읽고서 그는 독일정신이 논란의 여지가 없이 그 어느 나라 것보다도 우월하다고 확신했다.

이런 '독일적인' 환경에서 어린 시절을 보낸 만큼 오데마는 "과거에 대한 자부심을 갖고 거침없이 자랑스러운 미래로" 나아간다. "1913년에는 유럽에서 아직 스포츠가 뭔지 몰랐으며 기껏해야 군사훈련이 그것을 대신하던 때"였으니 고등학교 졸업시험을 마친 그가 "밝은 녹황색과 붉은 산딸기색의 경기병 군복을 입은 모습으로" 읍내 중심가를 오르내리는 것이 엉뚱하기는커녕 당연하게 보인다.

그는 "요정들이 살고" 왕가의 자제들과 재계 거물 그리고 대사와 대지주의 아들들이 공부하며 작소-보루시아, 알레마니아, 아르미니아 같은 명망 높은 '학생클럽'의 본거지인 본으로 떠난다. 라인 강변의 도시 본에서 대학생활을 보내면서 그는 문학적 감수성과 함께 스파르타식 규율과 시대적 가치관으로 포맷된다. 그 결과 그는 술꾼, 바그너 숭배자, 명성 높고 전통 깊은 학생 클럽 회원 그리고 반유대주의자가 된다. 아르미니아의 모범 단원이면서 동시에 독일 신비주의와 신화에 심취된다. 그러다 오데마는 빛 좋은 아르미니아와 골동품 같은 독일중세 정신세계 사이에서 마침내 후자에 귀의한다.

그는 8층 다락방에 살고 있는 빌헬름 반더에게 달려가 무릎을 꿇고 친구가 되어달라고 청했다. 그는 붉은 모자를 창밖으로 내던지고 차고 있던 시계에서도 소속 단체의 문장이 새겨진 은빛 '시계장신구'를 떼어버렸다. 반더는 확신에 찬 태도로 그를 조용히 받아주며 부드러우면서도 날카로운 목소리로 오데마를 정신과 영혼의 분야로 끌어들였다.

오데마는 빌헬름 반더를 "큰형처럼 감탄스럽고 두렵게" 느꼈으며 "이들은 곧 떨어질 수 없는 사이"가 되지만 훌륭한 학생과 훌륭한 군인의 과정을 거쳐 전선에서 돌아왔을 때에는 "신비스러웠던 빌헬름 반더의 영향은 아편 연기처럼 사라져" 버린다. 오데마는 독일혁명과 스파르타쿠스단, 정신분석, 핑켈슈타인의 부인 노라로 상징되는 도착 풍조에 휩쓸린다. 이런 경향을 반영하듯 골의 소실에서 작중인물의 행동과 그 목표는 오데마가 끈덕지게 한 곳에 붙어있지 못하고 계급의식 따위는 내팽개친 채 뜬금없이 여러 진영을 기웃거리는 모습이 내내 이어진다.

■ 오데마와 대중친목협회

오데마가 만나는 소설 속의 인물들은 모두가 나름대로 지성과 경험을 갖추었다고 자부할 만한 세상살이의 대가 또는 영웅들이지만 그들에게 내재된 몽상적 기질은 유전자처럼 선험적으로 작용한다. 베를린은 지적인 환상이 상품으로 개발될 수 있고 더 나아가 주식 시장에 상장할 수 있는 환경이 갖춰진 곳으로 설정된다.

"대중친목협회를 설립했소!"

참으로 기발한 이름이었다. 오데마는 철학적인 기대를 주춧돌 삼아 독일적인 정서에 호소할 수 있는 거대한 체계까지 대충 세워놓았다. 탁자 앞에 셔츠바람으로 앉아있는 그는 마치 평생토록 사업만 해온 사람 같았다. 어제는 데미우르고스, 그제는 영웅, 이런 그가 아주 가뿐하게 경제전문가로 탈바꿈한 것이다.

독일에서 높이 평가받고 있는 정신적인 가치들을 상업적으로 이용하자는 것이 그의 생각이었다.

소설에서도 언급되어 있듯이 제국 시대에 베를린에서는 가끔씩 체제 전복이나 혁명이란 말이 나돌긴 했다. 정작 제국이 무너지자 독일인의 단점을 마춰시키고 정신적인 진공상태를 메울 수 있는 방법으로서 특별한 오락이 필요했다. 대중친목협회는 오데마의 감성과 지성, 사회적 경향과 욕망이 융합된 상품이자 이런 독일적 기질의 희화인 셈이다.

대친회 사업을 위해 오데마는 어떤 이념을 추구하는 단체든 모두 참가를 허용했다. 그는 독일인의 단점을 잘 알았다. 이들은 무리 속에 있을 때와 금문자로 수놓은 비단 깃발 아래 모일 때면 즐거워했다. 이들은 —작가들은 예외지만— 고독과 개성을 싫어했다. 여기서는 가족 의식조차 집단의식에 밀려났다. 회원은 개인으로 활동할 때보다 책임을 적게 지기 마련이다. 독일 사람들에게는 자주성이 부속하기 때에 명령을 내려 움직이게 해야만 한다. 이들은 명령이라면 맹목적으로 따른다.

독일인의 활기와 무력한 맹종이 동전의 양면처럼 묘사되어 있다. 골은 당시 독일제국에 속했던 슈트라스부르크에서 공부하는 동안 독일인들과 비비대며 경험을 쌓았다. 이런 점을 고려하면 프랑스어로 쓰인『소돔 베를린』은 내로라하는 작가가 쓴 것이라면 잠시 주저하거나 생각해보지도 않고 진부한 국수주의에 갈채를 보내는 프랑스 독자들을 염두에 둔 것으로 볼 수도 있다. 골은 심리 관찰이나 묘사에 몰입하지도 자신의 생각을 내보이지도 않고 상황들을 요약하거나 덧붙임으로써 현재

행해지고 있는 사고와 행동 유형을 스스로 파악하라고 독자들을 현장으로 이끈다.

"밖은 추위와 굶주림으로" 죽을 지경이지만 건물 안에서는 "행복의 대목장"이 열린다. 바야흐로 안과 밖, 엄청난 추위와 황홀감이라는 양극이 좌절된 혁명과 성욕을 대신하는 것이다. 골의 소설을 통해 베를린은 문학 전통에서 변두리로 밀려난 쾌락 토포스의 중심 무대로 자리매김한다.

> '바인트라웁 싱커페이터 재즈단'의 바흐의 푸가 연주와 함께 축제 행사가 시작되었다. 그리고 이어서 유명한 무용가 마리 비그만이 이 행사를 위해 창작한 〈성스러운 춤〉을 추며 옷을 벗었다. (…) 미사복 차림의 성가대 소년들이 음식을 올렸다. 음식 명단에는 루터 식의 미사여구가 사용되었다. (…) 거룩한 음식과 포도주에 도취되었는지 손님들은 식사 시간 내내 경건한 자세를 유지했다. (…) 이윽고 소란이 절정에 이르렀을 때 한 구석에서 악마숭배자들이 새벽 두 시, 기도시간을 맞아 옷을 벗고 채찍을 맞을 준비를 했다. 채찍을 가져왔는데 끝이 공작 깃으로 장식되어 있었다.

이때부터 성스러워야 할 밤이 광란의 축제로 변했다.

1925년을 전후하여 유럽에는 루돌프 폰 라반(Rudolf von Laban), 마리 비그만(Mary Wigman), 한야 홀름(Hanya Holm)이 주도하는 새로운 무용이 등장했으며 곳곳에서 춤판이 벌어졌다. 이반 골도 이 사실을 알고 있었으며, 「검둥이가 유럽을 점령하고 있다」는 기고문에서는 광란과 퇴폐를 새로운 관점으로 보라고 족구한다.

검둥이들이 왔다. 온 유럽이 그들의 밴조 연주에 맞춰 춤을 추고 있다. 달리 어쩔 수가 없다. 그것이 소돔과 고모라의 리듬이라고 하는 사람도 더러 있다. 낙원에서 온 거라고 해서 안 될 이유라도 있나? 여기에는 멸망과 시작이 한데 엉켜있다.

대중친목회에서 벌어진 광란의 파티는 도착된 세계의 패러디다. 소설 『소돔 베를린』에 앞서 1922년에 완성한 풍자극 『메투잘렘』에 이미 이런 표현의 기조가 형상화되어 있었다. 골이 소설에서 내비친 혁명에 대한 갈망을 카니발로 뒤튼. 엉뚱함에서 패러디는 구에 달한다.

무슨 수가 있느냐고? 시대를 웃음거리로 만들기. 재미있고 신랄한
아이러니. 채찍질. 인정사정없어. 뼈에까지 해부용 칼을 대는 거지.
바지를 끌어내려. 창피하게 내놓고 비웃어. 애들답게 뒤에 돌을 던
져 복수해. 부르주아를 쓰러뜨려! 우산을 부셔서 던져! 결코 별나게
구는 게 아니라고. 죽도록 웃겠지. 죽음이 우리의 지루함을 조금이
나마 억누를 수 있거든.

3. 도피 – 매체

소설 『소돔 베를린』에는 많은 도피 장면이 나온다. 화가 웝실론이 유
령처럼 도시를 헤매고 빌헬름 반더도 SPD 정권의 명령을 받아 독일의
혁명 세력인 스파르타쿠스 단원들을 쫓는 악명 높은 '사냥개' 노스케를
피해 숨어 지낸다. 소설은 반더가 피해망상까지 보이진 않지만 오데마

와 재회할 때까지 곤경을 겪었음을 짐작하게 한다. 이 당시 스파르타쿠스 단원들의 기록에도 골의 소설과 비슷한 상황이 묘사되어 있다.

"1919년 3월 16일, 베를린. 그림 값을 전하려고 오전에 아틀리에로 게오르게 그로스를 찾아갔다. 내가 현관에 들어서자 그는 한 친구가 아틀리에서 잤다면서 그가 갈 때까지 잠시 기다려달라고 했다. 아마 도피중인 공산주의자일 것이냐. 그로스는 많은 예술가와 지식인들이 이 집 저 집 떠돌며 도피중이라고 했다."

도피는 자신의 지적 능력이나 감성으로는 감당 못할 사태에 대한 지식인이나 예술가의 공통된 반응인지 모른다. 물론 여기에는 자아를 수습하거나 재창조할 필요성도 함께 작용한다. 대중친목협회의 파산은 오데마의 지성과 감성 및 시대감각의 무효화를 뜻한다. 난장 같은 세상에 내놓은 대중친목협회가 파산하자 오데마도 "모자를 집어 들고 부엌 창문을 통해 달아"난다. "경찰에게 달아나려는 것보다 자신을 찾는 게 목적"이라고 하면서.

1918년 이후 작가들은 무자아 상태에서 곧 미래 세대의 정체성을 붙잡고 매달린 세대였다. 특성 없는 사람이 순수하고 다재다능한 인간으로 변신을 거듭하다 마침내 사회적, 경제적으로 몰락하고 자아 발견이라는 뻔한 거짓말이나 읊조린 경험은 이들에게 기본적인 것이었다. 소설에서 오데마 뮐러가 현란한 재주를 부리지만 결국 그 존재가 흐릿해지며 허겁지겁 변화된 세상을 쫓아가는 꼭두각시 및 이런 모습을 비춰주는 매체로 전락한다. 골의 소설에서는 대친회 사업 파티 장면은 이런 상황의 희화라고 볼 수 있다. 전무후무한 시대적 질곡 속에서 정체성 수습조차 불가능한 상황은 이렇다 할 과거도 없는 젊은이가 아무 정보도 의지가지도 없는 곳에 도착해 칠흑 같은 어둠을 헤매는 카프카의 『성』과 요젭 로트의 소설 『끝없는 도피』에도 등장한다. 이반 골의 『소돔 베를린』보다 몇 년 앞서 나온 『성』의 첫 장면과 『끝없는 도피』의 끝장면을 보자.

K가 도착했을 땐 늦은 저녁이었다. 마을은 눈 속에 깊이 묻혀 있었다. 성이 있는 언덕은 안개와 어둠에 잠겨 있어 아무 것도 볼 수 없었으며, 어렴풋이나마 큰 성이 있음을 알려주는 불빛도 없었다. K

는 오랫동안 큰 길에서 마을로 이어지는 나무다리 위에 서서 허공
으로 보이는 데를 쳐다보았다.

– 카프카의 『성』

건장하고 재능이 넘치는 한 젊은이가 세계의 중심도시 한복판에
서 있는데 그는 무엇을 해야 할지 몰랐다. 직업, 사랑하는 이, 의욕,
희망, 야심은커녕 이기심도 없었다. 이 세상에 그처럼 쓸데없는 사
람은 아무도 없었다.

– 요젭 로트의 『끝없는 도피』

이런 맥락에서 소설 『소돔 베를린』을 다시 살펴보자. 오데마가 아이
디어 백화점을 돌아다닐 때 그의 걸음을 이끄는 것은 성찰이나 사색이
아니다. 마치 카메라에 비치듯 일상의 변화가 그의 머릿속을 스쳐갈 뿐
이다. 생각을 하고 춤을 추는 것이 아니라 춤이 곧 생각이 되는 것이다.
튀링엔에서 본으로, 베를린에서 파리, 몬테 베리타에서 아드리아 해안의
섬에 이르는 곳곳에서 오데마의 넋 빠진 모습이 연출된다. 『소돔 베를

린』에서 오데마 뮐러는 꽉 막힌 머리와 손발로 이루어진 꼭두각시처럼 허우적대는 꼴통으로 묘사되는데 그런 면에서 메투잘렘은 그의 선배라고 할 만한 인물이다. 작중 인물이 아니라 영상 재생장치인 셈이다.

그에 대한 묘사는 과장적이다. 동작과 신호로 이루어졌으며 파편을 모아놓은 것 같다. 즉 자발적으로 움직이는 것이 아니라 타자의 조작에 의해 작동되는 것이다. 골은 메투잘렘과 오데마 뮐러를 통해 성서의 메타포나 속빈강정 같은 유형을 등장시키고 있는데, 바로 그로스가 오래 전부터 다루어 온 '인간 기계'와 예술적 맥락이 비슷하다.

4. '소돔 베를린'

소돔은 『창세기』에 나오는 퇴폐와 타락의 도시이다. 아브라함의 집에서 대접을 받은 천사들이 소돔으로 떠날 때 아브라함은 그들을 배웅한다.

그때에 주님께서 말씀하셨다. "내가 앞으로 하려는 일을 어찌 아브라함에게 숨기랴? 아브라함은 반드시 크고 강한 민족이 되고, 세상 모든 민족들이 그를 통하여 복을 받을 것이다. 내가 그를 선택한 것은, 그가 자기 자식들과 뒤에 올 자기 집안에 명령을 내려 그들이 정의와 공정을 실천하여 주님의 길을 지키게 하고, 그렇게 하여 이 주님이 아브라함에게 한 약속을 그대로 이루려고 한 것이다." 이어 주님께서 말씀하셨다. "소돔과 고모라에 대한 원성이 너무나 크고, 그들의 죄악이 너무나 부겁구나. 이제 내가 내려가서, 저들 모두가 저지른 짓이 나에게 들려온 그 원성과 같은 것인지 아닌지를 알아보아야겠다."

– 창세기

하느님께서 아브라함에게 큰 축복을 내려주신다는 것을 밝히셨지만 다른 한편으로 소돔을 파멸시키려 한다는 계획을 알고 아브라함은 간청에 간청을 거듭하여 마침내 다음과 같은 약속을 받아낸다.

그(아브라함)가 말씀드렸다. "제가 다시 한 번 아뢴다고 주님께

서는 노여워하지 마십시오. 혹시 그곳에서 열 명을 찾을 수 있다
면……?" 그러자 그분께서 대답하셨다. "그 열 명을 보아서라도
내가 파멸시키지 않겠다."

– 창세기

이윽고 하느님의 천사가 소돔에 도착하여 아브라함의 조카 롯의 집에 머
문다. 이 사실을 안 소돔 사람들은 롯의 집에 몰려와 두 손님을 내놓으라고
요구한다. 롯이 그들에게 대신 딸을 내주겠다고 하지만 소돔사람들은 소
도미(sodomy)를 고집한다.

"오늘 밤 당신 집에 온 사람들 어디 있소? 우리한테로 데리고 나
오시오. 우리가 그자들과 재미 좀 봐야겠소."

– 창세기

성서에서는 유황과 불이 쏟아져 소돔과 고모라는 멸망하지만 소도미
또는 퇴폐는 문학작품의 주제로서 되살아난다. 이반 골의 소설에는 오

데마가 마르셀 프루스트(Marcel Proust, 1871~1922)에 대해 전혀 모르는 것을 보고 '장군의 딸'이 "프랑스 시민계급 최후의 역사가"라고 찬양하는 대목이 나온다. 모두 7편으로 구성된 그의『잃어버린 시간을 찾아서』는 1909년에 집필이 시작되어 제4편「소돔과 고모라」는 1922년에 완성되는데 바로 여기서도 샬를뤼스 남작의 모렐에 대한 동성애가 다루어지고 있다. 1930년에 나온 이반 골의『소돔 베를린』역시 이 주제를 이어받는다. 이반 골의 소설에서는 베를린이 소돔과 고모라라는 것이다.

당시 베를린에는 도착(倒錯) 행위가 한창 유행이었다. 도덕적 허무주의와 물질적인 빈곤도 절정에 이르렀다. 아주 예민한 사람들은 여기서 벗어나려고 환상과 방탕이라는 숲그늘로 달아났다. 소돔과 고모라가 베를린에서 다시 부활했다. 사람들은 드러내놓고 마약에 손을 댔고 신비스러운 마법을 퍼뜨렸으며 형법 제175조에 금지되어 있음에도 게이나 레즈비언임을 숨기지 않았다. 독일에서는 모든 것에 원인과 작용, 분류와 근거가 있어야 하기 때문에 그것을 자유, 열정적인 삶, 형언할 수 없는 황홀감 또는 무아경이라고 불렀다.

소설에서 노라가 전형적인 독일인이라고 여긴 오데마도 예외는 아니었다. 소설 전반부에 그는 도착 행위에 대한 유혹에 끄떡도 않을 것 같아 보였지만 후반부에는 금발의 이르메린데와 사디스트 놀이에 몸을 맡긴다.

이름이 이르메린데라니! 독일 민족의 피가 흐르는 부룬힐데, 멜루지네, 쿠니군데 왕비들처럼 아름답고 운율이 있어! 이 금발의 여자가 그를 뒤흔들었다. 눈부신 머릿결, 간장을 녹이는 푸르른 눈, 도자기로 빚은 듯한 손가락과 잠자리 날개를 지닌 그녀. 팜므파탈이여, 독일 남자라면 일생에 한 번이라도 마약 같은 그대의 숨결을 마시고 그대의 짜릿한 손으로 채찍을 맞으며 몸부림치게 되기를 간절히 기다리지.

여기서 남성적인 공상이 날개를 펼치는 동안 남성의 지적 무장해제와 여성의 육체에 대한 비물질화가 이루어지며 모든 것이 형상 없이 사라진다. 남자다운 특성이 증발한 오데마가 여자가 아닌 여자, 즉 요정, 악마, 독, 사디즘 행위 기술자를 사랑하는 모습만 남는 것이다.

5. 『소돔 베를린』은 이반 골의 『독일, 겨울동화』

앞에서 말했듯이 골의 산문에 대한 연구가 한결같지 않고 양적으로도 충분하지 않다는 것은 필연적으로 골의 소설에 대한 기존의 평가에 한계가 있음을 뜻한다. 한마디로 골의 소설은 그로테스크한 현실을 서술함으로써 역사적 현실의 진수를 고갈시킨다는 평가로 귀결되기 마련인 것이다. 그러나 이것은 골이 당시의 프랑스와 독일 문학의 경향을 자신의 작품 활동으로 아우르려 했음을 고려하지 않은 도식적 견해이다. 현실은 복잡하며 단순한 표현은 그럴싸하지만 진실을 놓칠 수 있다. 지금까지 살펴본 바로는 그의 글쓰기는 따분한 교양과 엄습하는 야만 사이의 긴장에 뿌리를 내리고 있다.

이반 골은 역사적으로 독일과 프랑스의 문화가 겹치는 알자스 출신으로 파리에서 베를린으로 '온도를 재러' 다녔다. 스스로 "두 의자 사이에 앉은" 자라고 일컬었듯이 골은 언어적으로, 문화적으로, 문학 장르와 문학사조, 여자관계 그리고 자신의 정체성 면에서 양다리를 걸치며 살았기에 그의 경우 이런 '겹치기'는 '내적 모순'과 동의어로 작용한다. 그는 사실 혼자나 다름없었고 자신의 정체성을 수습하며 정처 없이 떠돌았다. '라인탈의 허황된 신화'를 변주하는 그의 글쓰기는 바로 이 정서에 바탕을 둔 것이다.

도피는 오데마 뮐러의 주요 연기 행위이다. 골은 시대의 진단가로서 자신의 텍스트에 사회적 인식을 담는 대신 맥없는 은유로써 봉합한다. 이에 따라 소설에서 주인공의 내면 묘사는 피상적 수준에 머문다. 삶의 본보기를 제시하고 주인공에게 의미를 부여하거나 가치를 덧입히려는 작업은 이루어지지 않으며, 오데마를 매체로 독일적인 요소의 분해와 대체라는 실험이 이루어진다. 소설에서 그는 몸담았던 곳에서 벗어나려고 끊임없이 다른 대상을 찾아 움직이며 자신에 대해 새로운 정의가 이루어질 때쯤이면 다시 거기서 달아난다. 그는 이렇다 할 성격을 지닌 인물 유형이 아니라 그가 겪은 빌헬름 2세 시대(1890~1918) 말기부터 표현주의 말기까지의 급변하는 시류를 보여주는 매체에 가깝다. 소설 마지막에 골은 오데마 뮐러에 대해 다음과 요약한다.

> 오데마는 (…) 변신에 변신을 거듭했다. 순박한 대학생, 중세의 신비주의자, 확신에 찬 군인, 열렬한 혁명가, 인플레이션 시기의 투기꾼, 푸른 꽃을 쫓는 낭만주의자, 노박장 사기꾼, 정열적인 애인…… 그에게는 천사와 악마, 세속적인 것과 지적인 것이 동시에 존재했다. 그 때문에 그를 아는 사람들은 그를 카사보나롤라(Casavonarola)라고 불렀다. 다시 말해 바람둥이 카사노바(Casanova)와 이상주의적이며 신비주의적인 혁명가 사보나롤라(Savonarola)가 한데 어우러진 존재라는 것이다.

골은 곳곳에 극단적인 요소들을 버무려 이들이 서로 그로테스크하게 보이도록 묘사한다. 그 결과 곳곳에 하이퍼인플레이션이 깊게 배인 도착된 독일의 모습이 조합된다. 오데마가 만난 사람들과의 관계도 마찬

가지다. 모든 관계가 이스트로 반죽된 것이다. 이들은 끝까지 게르만족의 보탄 신과 요정, 와인 생산지명인 라인팔츠를 들먹이며 흥겨운 표정을 보이면서 독일이란 실재 대신 그 변형된 신화를 피상적으로 연출한다. 풍자극이다.

『소돔 베를린』은 표현주의에 대한 부정이다. 1921년 베를린 활동기에 골은 표현주의 시선집 『인류의 황혼』에 일곱 편을 기고했지만 이내 관계를 끊고 파리로 떠난다. 이와 함께 실패한 독일혁명, 온갖 변종들의 파벌 성향, 반동적 관행, 단체주의, 정신분석, 지식인 단체, 기회주의, 문학계의 부정과도 작별한다. 전후의 비참한 상황에서 의미를 찾으려 한다고 하지만 그것은 핑계일 뿐 본질적인 동기는 자유에 대한 욕구였다. 골은 아무 것도 인정하지 않고 모든 것을 무너뜨리고 지웠다.

『소돔 베를린』은 이런 증오와 절망적 상황의 결과이다. 그런 만큼 이 공상의 도시에 대한 그의 애착도 컸다. 그래서인지 그의 소설에는 대본의 요점을 적은 메모나 급히 작성한 풍자문 같이 보이는 구절이 나타난다. 이런 점에서 그의 작품은 대도시 베를린의 일상을 몽타주 기법으로 만든 영화와 비슷하다. 사실 이반 골은 이 소설의 집필을 마치고 영화 제작에도 참여한다. 이 소설로 골은 표현주의와 완전히 결별한다. 당연히 소설 마지막 부분에는 주관과 감정이 절제된 사실적 묘사가 나타난다.

> 오데마 뮐러가 베를린으로 돌아와 보니 세상의 모습이 변해 있었다.
> 종이 눈이 녹아 없어졌다. 기존의 달력에는 예고되지 않은 일이었
> 지만 종이 눈은 고통의 시기 동안 독일을 덮었다.
> 이제 하늘에는 납이 아니라 가벼운 비단이 드리워져 있었다. 건물
> 들도 악몽에서처럼 거리 위로 기울어 있지 않았으며, 다리도 젖은
> 마분지로 만들어진 것처럼 무너지지 않았다. 이제 거리를 다니는
> 사람들도 살인자나 예언자처럼 보이지 않았다. 카니발을 없애버렸
> 는지 아틸라 마스크나 그리스도의 수염 분장도 보이지 않았다.

모순된 시대에 대한 몸부림의 장소는 역사적 장소인 베를린이 아니라 소돔-베를린이 될 수밖에 없다. 『소돔 베를린』은 이반 골 나름의 『독일, 겨울동화』이자 독일의 알레고리다.

초판 1쇄 인쇄 2013년 3월 15일 | **초판 1쇄 발행** 2013년 3월 20일 | **지은이** 이반 골 | **번역** 오용록 | **펴낸이** 임용호 | **펴낸곳** 도서출판 종문화사 | **편집** 김진주 | **표지·본문디자인** 민선영 | **인쇄·제본** 한영문화사 | **출판등록** 1997년 4월 1일 제22-392 | **주소** 서울시 중구 충무로 4가 120-3 진양빌딩 673호 | **전화** (02)735-6891 | **팩스** (02)735-6892 | **E-mail** jongmhs@hanmail.net | **값** 13,000원 ⓒ 2013, Jong Munhwasa printed in Korea | **ISBN** 978-89-87444-97-0 03850 | 잘못된 책은 바꾸어 드립니다.